Oetinger

Juma Kliebenstein, 1972 im Saarland geboren, dachte sich schon als Kind gerne Geschichten aus. Später studierte sie Germanistik und Anglistik und war als Lehrerin tätig, bevor sie sich als freie Autorin ganz auf das Schreiben konzentrierte.
Bereits für ihr erstes Kinderbuch »Tausche Schwester gegen Zimmer«, 2009 erschienen, erhielt sie Anerkennung und Auszeichnungen. Seither hat Juma Kliebenstein zahlreiche erfolgreiche Kinder- und Jugendbücher veröffentlicht, Titel wie »Der Tag, an dem ich cool wurde« oder »Speed-Dating mit Papa«, originell, humorvoll und mit viel Gespür für die Lebenswirklichkeit ihrer jungen Leser und Leserinnen. Längst hat sich Juma Kliebenstein als erfolgreiche Autorin einen Namen gemacht und zahlreiche Ehrungen für ihre Arbeit erhalten.

Mehr über sie unter www.juma-kliebenstein.de

Monika Parciak, 1976 in Danzig geboren, war als Gestalterin in Werbeagenturen tätig, bevor sie in Düsseldorf Kommunikationsdesign studierte. Heute lebt und arbeitet sie als freie Grafikdesignerin und Illustratorin in Neuss.

Juma Kliebenstein

Die magischen Augen von STONEHILL

Mit Bildern von Monika Parciak

Verlag Friedrich Oetinger · Hamburg

Für Ruth und Manfred Queißer, verbunden mit dem herzlichsten Dank für unzählige Stunden Schmökern in ihrer Buchhandlung und viele Jahre größten Engagements für meinen Start ins Autorenleben.

MIX
Papier
FSC FSC® C014496

Einband und Illustrationen von Monika Parciak
Druck und Bindung: GGP Media GmbH, Pößneck
Printed 2015
ISBN 978-3-7891-4059-4

www.oetinger.de

Inhalt

Vorwort

Es gibt immer zwei Wahrheiten.
Wenn man von einer Begebenheit hört, erfährt man immer nur einen Teil von dem, was geschehen ist. Man hört das, was der Erzähler für wichtig hält, und so, wie der Erzähler es erlebt hat.
Wenn der Nächste die gleiche Geschichte erzählt, hört man vielleicht etwas ganz anderes. Obwohl beide dasselbe erlebt haben. Deswegen ist es schwierig, zu entscheiden, wem man glaubt, denn jeder ist davon überzeugt, seine Geschichte sei die richtige.
Gibt es also überhaupt eine wahre und eine falsche Geschichte?
Ich finde, es ist nicht wichtig, ob eine Geschichte wahr ist oder falsch. Wichtig ist, dass es Geschichten *gibt*.

Es spielt keine Rolle, ob ihr am Ende dieses Buches den Kindern aus Stonehill glaubt oder den Erwachsenen.

Ich erzähle euch die Geschichte so, wie die Kinder sie erlebt und mir erzählt haben, denn ihre Version hat noch niemand gehört, und sie ist viel spannender als die der Erwachsenen.
Und genauso wahr.
Mindestens.

Und so fing alles an:

Vor einiger Zeit bekam ich Post von meiner Freundin Christine. Sie wohnt mit ihrem Mann und ihren vier Kindern in Stonehill, einem kleinen Städtchen im Osten Amerikas.
Leider sehen wir uns sehr selten, denn Amerika ist weit weg, aber E-Mails schreiben wir uns oft. In ihrer letzten Mail hatte Christine von einem ungewöhnlichen Vorfall berichtet.

Du glaubst es kaum: Bei uns ist an Silvester eingebrochen worden. Die Einbrecher haben den gesamten Schmuck mitgenommen. Das Geld, den Fernseher und die Computer haben sie seltsamerweise stehen lassen. Aber das Unglaublichste ist, dass diese Einbrecherbande am gleichen Abend den ganzen Ort bestohlen hat!

Das Gute daran ist, schrieb Christine, dass sie *jetzt* in Stonehill keine Angst mehr vor Einbrechern zu haben

brauchten. So was passiert einem ja bestimmt nicht zweimal im Leben.
Das fand ich höchst interessant.
Aber nicht nur Christine hatte mir geschrieben. Ein paar Tage später bekam ich ein Päckchen von ihrer Tochter Lucy.
In dem Päckchen lagen ein dickes Heft mit vollgeschriebenen Seiten und folgender Brief:

Ich schreibe Dir, weil Du Kinderbücher schreibst, und Du lachst bestimmt nicht, wenn Du die wahre Geschichte über den Einbruch liest. Alle sagen, das, was wir Kinder aus der Maple Street über die Sache mit den Einbrechern erzählen, kann nicht so gewesen sein und dass wir uns getäuscht haben müssen. Wir haben uns aber nicht getäuscht, sondern es war genau so, wie wir es erlebt haben! Ich habe Dir die Geschichte dazugelegt, und Du kannst mal gucken, ob sie gut ist, vielleicht wird ja mal ein Buch draus. Da sind auch Zeitungsartikel dabei, wo so ein Blödsinn drinsteht, dass einem schlecht wird. Damit Du mal siehst, was Erwachsene so alles schreiben, obwohl es gar nicht stimmt. Wir Kinder finden, es ist nur fair, wenn unsere Geschichte auch gelesen wird. Ich habe Dir alles genau so aufgeschrieben, wie es wirklich war. Es steht alles in dem dicken Heft.
Ganz liebe Grüße,
Deine Lucy

Ich weiß nicht, was in Stonehill wirklich passiert ist. Aber ich finde, Lucy hat recht. Warum soll das, was die Kinder glauben, nicht genauso wichtig sein wie das, was die Erwachsenen glauben? Und deshalb könnt ihr jetzt Lucys Geschichte lesen.

FÜR DR. JACOBY

1. Über Stonehill

Niemand hätte es für möglich gehalten, dass die Burrows es schaffen würden, unsere ganze Stadt an der Nase herumzuführen.

Es war das Spektakulärste, was je in Stonehill geschah, sogar spektakulärer als die Fast-Beerdigung von Mrs Bedingshire, die gar nicht tot war und von innen an den Sarg geklopft hat, als der Pfarrer gerade die Grabrede hielt. Der Sohn von Mrs Bedingshire und ein paar andere Gäste machten den Sarg auf, und zwei Tage später war sie wieder die Alte und saß fröhlich am Kopfende des Tisches, als alle gemeinsam das Beerdigungsessen aufaßen.

Mein großer Bruder Jeremy sagt, dass ich meine Geschichten ruhig aufschreiben soll, weil in Büchern auch Sachen drinstehen dürften, die nicht wirklich passiert sind. Er ist zwar erst sechzehn, aber genau wie die Erwachsenen in unserer Stadt tut er so, als ob die Burrows ganz normale Menschen gewesen wären und Cleopatra eine normale Katze.

Aber das stimmt nicht.
Es war alles ganz anders.

Der Tag, an dem alles begann, war der zehnte Oktober.
Es war ein ganz gewöhnlicher Herbsttag in Stonehill. Draußen fegte der Wind durch die Bäume, und gelbe und orange Blätter segelten auf den Boden. Drinnen, in unserer Küche, war die übliche Morgenhektik im Gang.
Mama machte Frühstück, und mein kleiner Bruder David packte seine Kindergartentasche. Er stopfte Kekse und unseren Goldfisch Dr. Watson hinein. Jeremy nahm Dr. Watson wieder raus und brachte ihn in seine Goldfischglaskugel zurück. Mein Zwillingsbruder Tim aß wie jeden Morgen seine Cornflakes und machte beim Kauen mit offenem Mund so einen Krach, dass ich ihn anstupste und die Milch aus der Schüssel schwappte.
Während meine Mutter fluchte, dass vier Kinder am Morgen vier zu viel sind, machte sich mein Vater auf den Weg zur Arbeit. Er arbeitet, wie fast alle hier in Stonehill, in einem Berg und schlägt Edelsteine aus den Felsen. In den Hügeln um Stonehill gibt es nämlich eine Menge Quarze, die man aber erst mal aus den Hügeln rausklopfen muss, bevor sie zu Edelsteinen geschliffen werden können und schließlich glitzern

und glänzen. Dann werden sie an Goldschmiede verkauft, die daraus Ketten und Ohrringe und anderen Schmuck machen. Alle, die die Steine aus den Hügeln klopfen oder schleifen oder verkaufen, bekommen den Schmuck billiger, und deswegen sehen alle Frauen in Stonehill aus wie geschmückte Weihnachtsbäume auf zwei Füßen.

Das Einzige, was in Stonehill noch fehlt, sagte mein Vater, ist ein Edelsteinmuseum. Dann würden Leute von überallher kommen, um sich die Edelsteine anzusehen, und sie würden die glitzernden Edelsteine kaufen wollen, und dann verdient Papa mehr Geld, und wir kriegen einen Swimmingpool in den Garten.

Bisher kam niemand hierher, denn niemand will wirklich zusehen, wie Leute mit großen Schutzbrillen im Berg stehen und mit großen Hämmern in den Fels hauen. Ein Museum zu bauen ist aber irre teuer, sagte mein Vater. Wenn Stonehill eine Stadt wäre, hätte die Stadt genug Geld für so ein Museum. Für eine Stadt fehlten uns aber noch eine Handvoll Leute. Es ist nämlich so, dass aus einem Ort erst dann eine Stadt wird, wenn darin mindestens fünftausend Leute wohnen. Und in Stonehill wohnten damals nur viertausendneunhundertfünfundneunzig.

»Wenn der Tag kommt, an dem aus Stonehill eine Stadt wird, fresse ich einen Besen«, sagte meine Mutter, denn jedes Mal, wenn ein paar Kinder zur Welt ka-

men und wir fünftausend Einwohner gewesen wären, starb garantiert wieder irgendwer, und es war wieder nichts mit der Stadt und dem Geld und dem Museum.
Vielleicht fragt ihr euch, warum ich so etwas Langweiliges überhaupt erzähle, aber es ist deswegen wichtig, weil es wegen der Burrows dann schließlich doch eine Stadtfeier gab und an jenem Tag das Spektakulärste passierte, was je in Stonehill geschehen war.

An diesem Morgen wusste aber noch niemand, dass heute die Geschichte beginnen würde, von der man in Stonehill wahrscheinlich in hundert Jahren noch spricht. Wie ich schon sagte, es war ein ganz gewöhnlicher Herbsttag.
Als Tim und ich endlich aus dem Haus kamen, warteten die anderen schon auf uns. Die anderen Kinder aus der Maple Street, das sind Annie Clover, Owen Cline, Evan Carter, Tina Westermann und Jenny Garner.
Jenny Garner ist meine Cousine und außerdem meine beste Freundin. Manchmal ist es Tina Westermann, aber nur dann, wenn Jenny mal wieder eine ihrer Launen hat.
»Habt ihr den Text über die Geschichte von Stonehill gelesen?«, fragte Jenny.
Das war unsere Hausaufgabe für heute gewesen. Wir sollten nämlich ein wenig mehr über Stonehill erfahren, hatte unsere Lehrerin gesagt, aber da gab es nicht

viel zu lesen. Der Text füllte gerade mal zwei Seiten in unserem Schulbuch.

»Ja«, sagte Evan, »aber ich bin dabei eingeschlafen. Ich wette, nirgendwo auf der Welt ist es so langweilig wie hier.«

Er wusste ja nicht, wie unrecht er hatte.

2. Viola

Noch bevor die erste Schulstunde begann, war es in unserer Klasse schon richtig rundgegangen.
Jimmy Woods hatte sich mit Evan Carter geprügelt, Owen Cline hatte Mallory Lesters Wasserfarbkasten von ihrem Pult geklaut und mit Tom Severins Hilfe auf dem Klassenschrank versteckt, und Jeannie Pitts heulte wie ein Schlosshund, weil Annie Clover »Pitbull, Pitbull« gerufen und dazu gebellt hatte wie ein Hund.
Irgendwann kam unsere Lehrerin Mrs Hersham hereingeschossen. Sie nahm das große Lineal, das neben der Tafel hing, und schlug damit so fest auf den Tisch, dass es sich durchbog.
»Ich mache Kleinholz aus euch«, brüllte sie, »und damit baue ich eine Wallfahrtskirche!«
Das wirkte. Niemand wollte als Holzstückchen in der Wand einer Wallfahrtskirche enden, und dass Mrs Hersham aus uns Kleinholz machen *würde*, daran bestand kein Zweifel.

Mrs Hersham war groß und kräftig, und auch ihre hellrosa Kleidung konnte nicht darüber hinwegtäuschen, dass sie alles andere als harmlos war.

»Sie sieht aus wie ein *Marshmallow*«, hatte Owen Cline damals gesagt, als Mrs Hersham zum ersten Mal in ihrem hellrosa Mantel in unser Schulzimmer gedampft kam wie ein Schneepflug. Seitdem nannten wir Mrs Hersham heimlich *Marshie*. Marshie konnte richtig wütend werden, und wir verstummten alle augenblicklich, als Marshie sich vorne am Pult aufbaute wie ein über dem Feuer aufschäumendes Marshmallow.

»Ich muss noch mal ins Lehrerzimmer«, verkündete Marshie. »Wenn ich zurückkomme, ist hier alles tipptopp in Ordnung. Wer auch immer es war, der den Wasserfarbkasten auf den Schrank gelegt hat, holt ihn runter und gibt ihn zurück. Und, Annie, wenn ich dich noch einmal bellen höre, bringe ich dich höchstpersönlich ins Tierheim. Hunde gehören nicht in meine Klasse.«

Marshie lässt keine Gelegenheit aus, uns daran zu erinnern, dass Tiere in unserer Klasse nicht erwünscht sind. Das hat einen guten Grund, aber davon erzähle ich später.

Tatsächlich war es still wie in einer Kirche, als wir kurz darauf Marshies Schritte wieder draußen auf

dem Gang hörten. Wir wollten alle nicht zu Kleinholz gemacht werden, und Annie wollte nicht ins Tierheim.
Dann ging die Tür auf, und Marshie wogte herein. Sie war aber nicht allein. Hinter ihr betrat ein Mädchen unsere Klasse. Die Stille wurde, falls das möglich ist, *noch stiller*.
»Das hier ist Viola Burrow«, sagte Marshie. »Sag *Hallo*, Viola.«
»Hallo, Viola«, sagte Viola Burrow.
Wir mussten alle lachen.
»Viola ist mit ihren Eltern und Großeltern aus Virginia hergezogen«, erklärte Marshie. »Ich hoffe, ihr seid nett zu ihr und werdet gute Freunde!« Dann wedelte sie mit den Armen, und wir wussten, dass wir Viola begrüßen sollten, aber wir wussten nicht, wie. Es war noch nie jemand neu in unsere Klasse gekommen. »Herzlich willkommen, Viola«, »Hallo, Viola« und »Schön, dass du da bist, Viola« riefen wir alle durcheinander.
Marshie verdrehte die Augen und schüttelte den Kopf. Wir alle schauten Viola neugierig an. Sie trug ziemlich seltsame Kleidung: einen langen, lilafarbenen Rock und einen ebenso lilafarbenen Pullover. Im Haar leuchtete eine lila Schleife, und selbst die Stiefel waren lila. Was ihr Aussehen betraf, schien sie also schon mal gut zu uns zu passen, denn in unserer Klasse laufen viele Kinder in seltsamen Sachen rum:

Annie Clover kam ausschließlich in Rüschenkleidern zur Schule.
Tina Westermann trug nur Pullover, die ihre Mutter selbst strickte (meistens war ein Ärmel zu lang, oder ein paar Wollfäden hingen heraus), und ihre Brille war ziemlich unmodern.
Steve Warren wurde von seiner Mutter jeden Morgen in einen Anzug gesteckt (wofür wir ihn heftig bemitleideten), und Nina Stringers Brille war so groß und dick wie die Panzerglasscheiben in den Fenstern der *SYM*-Bank in unserer kleinen Stadt.
Da war Viola mit ihren auffälligen lila Kleidern in bester Gesellschaft.
Die Einzige, die Viola missmutig betrachtete, war Mallory Lester. Eigentlich schaute sie eher Violas *Haare* missmutig an. Violas Haare waren sehr lang und sehr schwarz und schimmerten, als ob jemand Klarlack darübergesprüht hätte. Mallorys Haare waren zwar fast genauso lang, allerdings glänzten sie nicht, sondern standen struppig von ihrem Kopf ab wie die Haare eines Straßenköters. Das lag aber nicht daran, dass Mallory sie nicht kämmte, sondern daran, dass sie ständig in irgendwelchen Bäumen und Büschen herumkletterte und sich dabei laufend Zweige in ihren Haaren verfingen. Manchmal jammerte Mallory dann, dass lange Haare ein Mist sind, aber als Steve Warren im Bastelunterricht einmal hinter ihr saß und

die Schere schon halb in Mallorys Haarwust hatte, um ihr den Mist abzuschneiden, hat sie Steve eine gescheuert, und es gab ein riesiges Theater, und Mallory sagte, wenn noch mal jemand mit einer Schere in die Nähe ihrer Haare kommt, bringt sie ihn um. Wahrscheinlich war Mallory sehr neidisch auf Violas Haare. Viola sah aber auch wirklich schön aus mit ihrer schimmernden Haarpracht und ihrem Gesicht, das dem einer feinen Puppe glich.

Tom Severin und Steve Warren husteten, und Owen Cline wurde rot wie eine überreife Tomate. Ich glaube, sie alle verliebten sich auf der Stelle in Viola Burrow.

»Setz dich dahinten hin«, sagte Marshie und zeigte auf ein leeres Pult ziemlich weit hinten. Viola marschierte los, und plötzlich traute ich meinen Augen nicht: Hinter Viola her spazierte eine Katze! Eine Katze mit schwarzem, glänzendem Fell und einem weißen Fleck mitten auf der Brust. Die Katze (sie hieß Cleopatra, wie wir später erfuhren) sah an sich schon ziemlich ungewöhnlich aus. Die Katzen, die hier in Stonehill lebten, waren alle gewöhnlich braun oder getigert, keine von ihnen hatte seidiges, leuchtendes Fell. Außerdem waren die Augen dieser Katze nicht katzengrün oder grau, sondern sie schimmerten fast lila. Aber noch viel ungewöhnlicher war, dass *überhaupt* eine Katze in unserem Schulzimmer herumspazierte.

Wir schauten alle abwechselnd von der Katze zu Marshie und wieder zurück, aber Marshie tat so, als sei die Anwesenheit einer Katze in unserem Klassenraum das Normalste der Welt. Dabei hatte Marshie ein absolutes Tierverbot in unserer Klasse verhängt. Sie hatte nämlich schlechte Erfahrungen mit Tieren in unserem Klassenraum gemacht. »Da ist sie aber selber schuld«, fand Owen Cline.

Es war so gewesen:

Marshie hatte damals gesagt, wir würden im Zeichenunterricht nun beginnen, Tiere zu zeichnen, und dafür durfte jeder sein Haustier mitbringen. »Aber nichts, was nicht in einen Käfig passt!«, hatte sie gesagt. Wir wussten, dass Marshie keine Hunde mochte, zumindest nicht in der Schule, und vermutlich wollte sie mit ihrem Käfig-Trick verhindern, dass jemand einen Hund mitbrachte.

Aber Marshie hatte nicht mit Owen Clines Klugheit gerechnet. Deswegen fiel sie auch fast in Ohnmacht, als eine Woche später mitten in der Zeichenstunde die Tür aufging und Owen, Jimmy Woods, Evan Carter und Tom Severin rotgesichtig und verschwitzt wie Footballspieler einen riesigen Käfig in die Klasse schoben. Ich weiß nicht, wie sie das Kunststück fertigbrachten, den Käfig durch die Tür zu bugsieren, und wie sie es überhaupt geschafft hatten, ihn den ganzen Weg von Owens Haus hierherzuschleifen, aber

sie *hatten* es geschafft. In diesem Käfig, der nun neben Marshies Pult auf dem Boden stand , saß Dodgie, Owens Schäferhund. Er schaute Marshie träge an, wuffte kurz und gähnte.
Später stellte sich heraus, dass Owen, Evan und Tom die Vogelvoliere im Wohnzimmer von Jimmy Woods' Eltern für passend befunden hatten, um Dodgie zu transportieren, und da Vögel und Hunde in einem Käfig keine gute Zeit miteinander haben würden, hatte Jimmy die fünf Nymphensittiche freigelassen.
»Die haben ohnehin immer so in den Garten geguckt, als ob sie viel lieber da draußen wären«, hatte Jimmy sich später verteidigt, als seine Eltern Suchaktionen mit Plakaten veranstalteten. Wahrscheinlich stimmte das sogar, denn die Vögel kamen nie wieder zurück, sondern trieben in unserem Stadtpark ihr Unwesen, wo sie voller Freude älteren Damen die Hüte von den Köpfen rissen. Einmal erwischten sie sogar das Haarteil von Annabelle Solanges Vater.
Jedenfalls war Marshie ganz schön geschockt gewesen, als die Jungen den Käfig mit Dodgie drin in unser Klassenzimmer schleiften.
»*Nichts, was nicht in einen Käfig passt*, haben Sie gesagt«, sagte Owen Cline laut und deutlich, und Marshie wurde pink im Gesicht, als hätte man ein Marshmallow in Erdbeersoße getunkt.
Seither lautete die unmissverständliche Regel:

Keine Tiere in der Schule.
Überhaupt keine.

Dass nun eine schwarz glänzende Katze einfach so durch unseren Klassenraum spazierte, war das unerhörte Ereignis des Jahres.

»Du wirst sehen«, flüsterte mir Owen von hinten zu, »gleich springt Marshie vor Wut an die Decke, und dann macht es *puff*, und es regnet Marshmallow-Flöckchen.«

Das geschah natürlich nicht, aber tatsächlich geschah auch sonst nichts. Marshie tat einfach so, als wäre überhaupt keine Katze da! Andrea Baker schnipste wie verrückt mit den Fingern.

»Ja, was ist denn, Andrea?«, sagte Marshie.

»Mrs Hersham«, sagte Andrea. »Da ist eine Katze im Zimmer.«

Andrea meldet sich immer wegen allem, und sie wird verrückt, wenn der Lehrer sie nicht drannimmt. Manchmal beugt Andrea sich dann sogar übers Pult und schnipst so heftig, dass sie fast auf dem Lehrerschoß landet. Ich glaube, Andrea geht Mrs Hersham mächtig auf den Wecker, aber das sagt sie natürlich nicht.

»Baker«, sagte Marshie nun, »ich habe selbst Augen im Kopf. Das war ganz, ganz unnötig. Oder hältst du mich für blind?«

Andrea wurde vor Schreck leichenblass.
»Also?«, fragte Marshie. »Hältst du mich für blind, oder was?«
»N-nein«, stotterte Andrea.
»Na dann«, sagte Marshie, »kannst du den Arm ja wieder runternehmen, oder?«
Andrea nickte und nahm den Arm runter.
»Normalerweise sind Tiere in der Schule ja verboten«, sagte Marshie. »Das wisst ihr. Ich habe die Regel selbst aufgestellt. Aber in diesem Fall mache ich für Viola eine Ausnahme. Ihr könnt euch sicher vorstellen, wie schwer es ist, irgendwo ganz neu zu sein. Viola kennt noch niemanden in Stonehill, und weil ihre Katze Cleopatra sonst immer bei ihr ist, darf sie sie auch mit in die Schule bringen, bis sie Freunde gefunden hat. Und das wird bestimmt nicht allzu lange dauern. Ihr werdet euch alle gut um Viola kümmern, nicht wahr?«
Alle nickten eifrig. (Andrea Baker nickte besonders eifrig. Sie nickte *so* eifrig, dass ihr die Brille von der Nase fiel.)
Wir begannen gleich nach der Stunde damit, uns um Viola zu kümmern.
»Das ist aber eine schöne Katze«, sagte Tina Westermann und streckte die Hand aus, um Cleopatra zu streicheln.
Bevor sie es sich richtig versah, hatte Cleopatra Tina

schon die Krallen übergezogen, und aus einem dicken, tiefen Kratzer, der quer über ihren Arm lief, tropfte Blut. Leider wird Tina schlecht, wenn sie Blut sieht, und deswegen ist sie dann auch gleich, als sie mit Schreien fertig war, in Ohnmacht gefallen. Cleopatra hat einen Buckel gemacht und gefaucht, Viola hat auf Cleopatra eingeredet, und Mallory hat auf Tina eingeredet, und Owen und Evan haben an Tina gerüttelt, damit sie wieder zu sich kommt. Es dauerte auch nicht lange, bis Tina die Augen wieder öffnete, denn Evan war durchaus nicht zimperlich beim Rütteln.

»Es ist vielleicht besser, wenn keiner versucht, Cleopatra zu streicheln«, sagte Viola entschuldigend, als sich der Tumult gelegt hatte. »Sie mag es nicht so gern, von Fremden angefasst zu werden.«

»Wieso denn nicht?«, fragte Jenny. »Wir tun ihr doch nichts.«

»Na und, kann Cleopatra ja nicht wissen, oder?«, sagte Owen und wurde rot.

Jenny sah aus, als würde sie Owen am liebsten ans Schienbein treten. »Cleopatra sieht aus wie eine Hexenkatze«, sagte sie.

»So ein Schwachsinn«, sagte Owen. »Es gibt keine Hexen, und schon gar keine Hexenkatzen!«

Jenny blitzte ihn wütend an und stapfte davon. Viola tat so, als ob sie nichts gehört hätte. Sie tat mir ein bisschen leid, weil Jenny so unfreundlich gewesen war. Also fragte ich: »Magst du mich heute Mittag besuchen kommen?«

»Gern«, sagte Viola und strahlte mich an. »Darf ich Cleopatra mitbringen?«

»Klar«, antwortete ich.

Jenny warf mir von ihrem Platz einen bitterbösen Blick zu. Es sah ganz so aus, als würde sie in der nächsten Zeit nicht meine beste Freundin sein wollen.

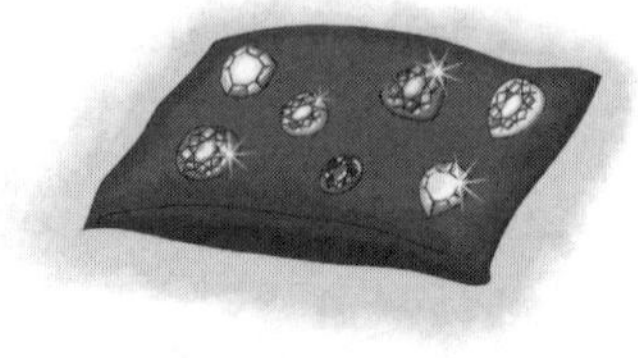

3. Besuch

Pünktlich um vier Uhr an jenem Nachmittag klingelte es. Es war Viola. Cleopatra stand neben ihr und schaute sich neugierig um.
»Hallo«, sagte Viola.
»Hallo«, sagte ich. »Ist ja lustig, dass deine Katze immer neben dir herläuft. Rennt sie denn nie weg?«
»Nein«, sagte Viola. »Sie geht immer bei Fuß.«
»Irre«, sagte ich. »Ich habe noch nie eine Katze gesehen, die bei Fuß geht.« Viola und Cleopatra traten ein, und ich zeigte Viola, wo sie ihren lila Mantel aufhängen konnte. Cleopatra spähte währenddessen durch die geöffnete Küchentür.
»Habt ihr auch Katzen?«, fragte Viola.
»Leider nicht«, sagte ich. »Meine Mutter sagt, vier Kinder und ein Goldfisch reichen ihr.«
»Oh«, sagte Viola. »Geschwister sind doch bestimmt auch toll. Ich habe leider keine.«
»Na ja«, sagte ich. »Meinen Zwillingsbruder Tim kennst du ja. Der ist genauso kindisch wie die anderen

Jungs aus unserer Klasse. Mein großer Bruder Jeremy redet ziemlich selten mit mir, und wenn, zieht er mich sowieso nur auf. Und mein kleiner Bruder David ist erst vier, er rennt mir immer hinterher.«

Viola grinste. »Ich finde, das klingt ziemlich nett«, sagte sie.

Wir gingen in die Küche, um einen Kakao zu machen. Ich nahm die Milch aus dem Kühlschrank, schüttete Kakaopulver in zwei Tassen und kippte die Milch darauf. Dann stellte ich die Tassen in die Mikrowelle und drückte den Startknopf.

»Ihr habt es aber schön hier«, sagte Viola und sah sich in der Küche um. Ich hatte nie darüber nachgedacht, ob wir es schön hatten, aber jetzt, wo Viola es sagte, fand ich das auch.

Unsere Küche ist ziemlich groß und immer ein bisschen unaufgeräumt. Weil die Küchenmöbel alt sind, durften Tim und ich sie letztes Jahr bunt bemalen. Jetzt leuchten alle Schränke in verschiedenen Farben. Papa sagt, er darf nirgends zu lange draufgucken, weil ihm dann schwindlig wird, aber dann lacht er und sagt, so eine Küche gibt es nirgends sonst, nur bei uns. Mama erwidert darauf, so eine Unordnung gibt es auch nirgends sonst, nur bei uns, und dass vier Kinder schlimmer sind als Wollmäuse und Schimmel an der Wand.

Ich wunderte mich, wo Mama steckte, denn sie war ganz neugierig auf Viola gewesen, als ich beim Mittagessen von ihr erzählt hatte, und sie wollte sie gern kennenlernen. Also ging ich gemeinsam mit Viola meine Mutter suchen.

Wir fanden sie im Bad, wo sie David, der fröhlich in der Badewanne saß, gerade die Haare waschen wollte. David planschte mit seinen kleinen, dicken Händen im Seifenschaum und sang »Schaumschäumschummschumm«.

»Hallo, Mama«, sagte ich. »Das ist Viola.«

»Oh«, sagte Mama und sah auf. Sie lächelte Viola an und hielt ihr einen schaumverzierten Ellenbogen hin. Viola schüttelte Mamas Ellenbogen, und Mama lachte.

»Tut mir leid, dass ich euch nicht bewirten kann. Ihr seht ja, was hier los ist!«

David hatte mit beiden Händen Seifenschaum abgeschöpft und verteilte Schaumhäufchen auf dem Badezimmerboden.

»Aber das macht doch nichts«, sagte Viola höflich.

Cleopatra sprang auf den Badewannenrand. Vorsichtig stolzierte sie um die ganze Wanne bis zu dem Schälchen, in dem Mama ihren Schmuck deponiert, wenn sie David badet.

»Cleopatra!«, sagte Viola warnend. »Aus!«

Cleopatra streckte den Kopf vor und stupste Mamas grünen Smaragdring mit der Nase an. Das Schälchen wackelte bedenklich.

»Cleopatra Nosferata Diavola!«, schimpfte Viola. »Jetzt ist es aber genug!« Sie packte die Katze, hob sie hoch und setzte sie auf dem Badezimmerteppich ab.

»Katzen sind neugierig«, sagte Mama. »Aber kleine Kinder sind viel schlimmer!« Sie nahm David den Lippenstift ab, den er gerade ins Wasser tunkte.

»Wir gehen dann mal in mein Zimmer«, sagte ich.

»Ja«, sagte Mama. »Macht euch einen schönen Nachmittag, ihr beiden. Papa bringt nach der Arbeit Pizza mit. Heute kommt er wohl pünktlich aus dem Berg.«

»Mein Vater ist Minenarbeiter in der Edelsteinmine«, erklärte ich Viola auf dem Weg in mein Zimmer. »So wie fast alle Erwachsenen in Stonehill.«

»Ja«, sagte Viola. »Das habe ich mir schon gedacht. Hier in Stonehill dreht sich alles um Edelsteine, nicht wahr?«

»Du sagst es«, seufzte ich. Für Fremde war so etwas sicher spannend, aber ich selbst fand es eher trostlos, den ganzen Tag in einer dunklen Höhle zu stehen und Steine aus Felsen zu schlagen.

»Was machen denn deine Eltern?«, fragte ich, während ich die Tür zu meinem Zimmer öffnete. Cleopatra schlüpfte geschmeidig an mir vorbei hinein und reckte neugierig den Kopf.

»Ach, langweiligen Kram«, sagte Viola. »Meine Eltern sind Händler. Sie handeln mit Edelsteinen.«

Ich wollte gerade fragen, ob die Burrows deswegen nach Stonehill gezogen waren, als Viola hinter mir durch die Tür kam und ihr ein »Wow!« entfuhr. Sie blieb wie angewurzelt stehen und sah sich mit großen Augen um. Ich freute mich sehr darüber, dass Viola so beeindruckt war. Natürlich hatte ich oft Besuch, von Jenny oder Tina oder einem der anderen Kinder aus der Maple Street, aber die kannte ich alle schon, seit ich ein Baby war, und für sie war mein Zimmer nichts Besonderes mehr. Viola aber war offensichtlich so fasziniert davon, dass auch ich mein Zimmer wieder mit ganz anderen Augen sah.

Die Tapete meines Zimmers ist hellgrün und mit vielen kleinen, bunten Blättern und Blumen bedruckt. Mein Bett steht neben dem großen, hohen Fenster mit den gelben Vorhängen, und an der Wand hängen Bilder, die mein Onkel malt. Auf jedem sind Zwerge zu sehen, die mit Gold beladene Rucksäcke aus einem Berg tragen. Das Schönste aber ist die Edelsteinsammlung, die ich in einem Glasschränkchen aufbewahre. Hin und wieder bringt Papa mir Edelsteine mit, die nicht gut genug waren, um weiterverarbeitet zu werden. Sie waren entweder nicht klar genug oder zu klein oder hatten nicht die richtige Farbe. Aber trotzdem waren sie wunderschön, und Papa wusste, wie man sie so schleift und poliert, dass sie glitzern und funkeln. Jetzt schien gerade die Sonne in mein Zim-

mer, und ein paar Strahlen ließen die Steinsammlung besonders bunt leuchten.
Viola trat ganz nahe an das Schränkchen heran. »Sie sind wunderschön«, flüsterte sie.
Für die anderen Kinder aus der Maple Street war die Steinsammlung nichts Besonderes, weil ja fast alle von ihren Eltern hin und wieder solche Steine mitgebracht bekamen.
Aber ich konnte mir gut vorstellen, wie es für jemand Fremden sein musste, zum ersten Mal so herrliche Steine zu sehen. »Wenn du magst, erkläre ich dir, wie sie heißen«, sagte ich. Aber dann fiel mir ein, was Viola eben über ihre Eltern gesagt hatte.
»Wenn deine Eltern mit Edelsteinen handeln, hast du bestimmt auch welche zu Hause«, sagte ich. »Dann kennst du das alles ja schon.« Ich war fast ein bisschen enttäuscht.
»Nein, nein, überhaupt nicht!«, sagte Viola hastig.
»Nicht?«, fragte ich erstaunt.
»Ich meine«, stotterte sie dann, »meine Eltern handeln nur mit Edelsteinen, also, sie treffen sich mit irgendwelchen Leuten und gehen in Fabriken, aber wir haben nie selbst Edelsteine zu Hause. Nur ab und zu mal einen Katalog.«
»Ach so«, sagte ich. »Na, das ist ja echt nicht so spannend.«
Viola lächelte mich erleichtert an. »Nein«, sagte sie.

»Wäre schon interessanter, wenn man berühmte Schauspieler als Eltern hätte, oder?«

Wir mussten beide lachen.

Ich öffnete den Glasschrank und nahm die verschiedenen Samttafeln heraus, auf denen ich die Steine angeordnet hatte. Wir setzten uns auf meine großen Sitzkissen, und ich breitete die Samttafeln auf dem Boden aus.

Cleopatra reckte ihren Kopf so weit vor, dass sie sich fast den Hals verrenkte. Ihre Schnurrhaare zitterten leicht.

»Komm her, Cleo«, sagte Viola und nahm die Katze auf den Schoß. »Ich halte sie lieber fest«, erklärte sie mir. »Bevor sie noch welche von den Steinen frisst!«

Ich musste lachen, denn die Vorstellung, dass eine Katze Edelsteine fraß, war einfach zu komisch.

»Ja, ja«, seufzte Viola. »Du hast ja keine Ahnung, wie neugierig Cleo ist. Wenn man nicht aufpasst, frisst sie alles, was ihr in den Weg kommt!«

Das erinnerte mich sehr an meinen kleinen Bruder. David hatte mal einen Bergkristall heruntergeschluckt, aber es war ihm nichts passiert. Der Stein war ein paar Tage später auf, na ja, mhm ... natürlichem Weg wieder aufgetaucht. Aber dann wollte ich ihn nicht mehr haben.

Ich hätte zwar nicht gedacht, dass sich Viola so für die Steine interessierte, aber es machte mir Spaß, ihr

die verschiedenen Sorten zu erklären: die grünen Smaragde, die blauen Saphire, die roten Rubine und all die anderen vielen Arten, die es so gab. Von einigen hatte Viola schon etwas gehört, andere kannte sie aber offenbar noch nicht.
Besonders gut gefielen Viola die Amethyste. Ich hatte mir schon gedacht, dass sie die mögen würde, denn Amethyste sind lila, und Lila war ja Violas Lieblingsfarbe. Zumindest dachte ich das, weil sie ja auch lila Kleider trug. Und der Amethyst, den Viola gerade in der Hand hielt, war wirklich besonders schön. In den Sonnenstrahlen leuchtete und funkelte er wie ein Stern am dunklen Nachthimmel.
»Wenn du magst, kannst du ihn behalten«, sagte ich.
Viola guckte mich mit ihren großen, grünen Augen erstaunt an.
Das Sonnenlicht reflektierte die Farben der verschiedenen Edelsteine darin: In der Iris von Violas Augen schimmerten blaue, graue und braune Flecken, alles zusammen wirkte wie ein Mosaik. Und darüber lag ein lilafarbener Glanz. So wie bei dem Amethyst, den Viola nun in die Sonne hielt, um sein Leuchten zu betrachten. »Ich darf den schönen Stein behalten?«, flüsterte Viola.
»Klar«, sagte ich. »Mein Vater kann mir jeden Tag einen neuen mitbringen.«
Das stimmte zwar nicht so ganz, denn das konnte er

nur manchmal, und es gab auch nicht alle Edelsteinsorten hier in Stonehill. Manche hatte er irgendwo eingekauft, um mir eine besondere Freude zu machen. Aber ich hatte wirklich viele Edelsteine, und Viola freute sich so, dass es mir gar nichts ausmachte, den Amethyst herzugeben.

»Guck mal, Cleo«, sagte sie. »Den dürfen wir mit nach Hause nehmen!« Cleopatra schnupperte an dem Stein und schnurrte.

»Vielen, vielen Dank«, sagte Viola und strich vorsichtig über die glatt polierte Oberfläche des Edelsteins.

Während Cleo sich auf meinem Bett zusammenrollte und in der Sonne döste, erzählten Viola und ich den ganzen Nachmittag über. Das heißt, eigentlich erzählte ich, und Viola hörte zu. Sie wollte alles über Stonehill und uns Bewohner wissen. Klar, wenn man irgendwo neu ist, findet man alles interessant. Für mich war natürlich nichts neu, aber es machte Spaß, einmal jemandem von unserem Alltag in Stonehill zu erzählen.

Ich berichtete davon, wie meine Mutter die Edelsteine als Goldschmiedin in Ringe und Ketten gefasst hatte, bevor David zur Welt gekommen war, und dann erzählte ich von der Schule und den Kindern aus der Maple Street und was wir alles anstellten, wenn uns langweilig war.

Irgendwann klopfte meine Mutter an die Tür und sagte, dass Papa nun gekommen sei und wir gemeinsam essen wollten. Während des Abendessens unterhielten sich meine Eltern prächtig mit Viola, und David wollte unbedingt auf ihrem Schoß sitzen und von ihr gefüttert werden. Selbst Jeremy verhielt sich einigermaßen höflich, und Tim hielt endlich mal seine Klappe. Er war damit beschäftigt, Viola, die gerade David mit Kartoffelbrei fütterte, verstohlene Blicke zuzuwerfen. Einmal merkte er, dass ich ihn beobachtete, und ich malte ein Herz in die Luft. Er wurde knallrot.

Nach dem Essen sagte Viola, sie müsse nun nach Hause. Papa wollte sie gern mit dem Auto heimfahren, aber Viola sagte, sie gehe abends immer noch mit Cleopatra raus und wolle lieber zu Fuß gehen. »Das kommt nicht infrage«, beharrte Papa. »Es ist schon dunkel, und da sollte kein Kind allein unterwegs sein.« Schließlich gab Viola nach, und sie rief ihre Eltern an, dass sie sie abholten.

Ich ging mit bis vor die Tür und wartete mit Viola gemeinsam, bis der Wagen ihrer Eltern zwischen den Ahornbäumen, die die Straße säumten, zu sehen war. Zum Abschied winkte ich ihr zu. Als ich wieder hereinkam, sagte meine Mutter, was für ein reizendes Mädchen Viola sei, und ich solle sie bald wieder mitbringen. Zwei Stunden später stellte meine Mutter fest, dass ihr Smaragdring verschwunden war.

4. Der verschwundene Ring

»Hier hatte ich ihn drin«, sagte Mama und zeigte auf die leere Schale auf der Ecke des Badewannenrandes. »Da habe ich meinen Ring abgelegt, als ich David gebadet habe. Wie immer.«

»Stimmt«, sagte ich. Mir war eingefallen, dass ich ihn in der Schale liegen gesehen hatte, als Viola und ich Mama Guten Tag gesagt hatten. Und dann fiel mir noch etwas ein: Cleo hatte daran geschnuppert.

»Mama«, sagte ich. »Fressen Katzen eigentlich Smaragdringe?«

»Was?«, sagte meine Mutter. Sie kniete auf dem Boden und suchte den Badezimmerteppich ab.

»Fressen Katzen Smaragdringe?«, fragte ich noch einmal.

»So ein Unfug«, schnaubte meine Mutter. »Katzen fressen Katzenfutter und Katzengras und Mäuse. Aber doch bitte keinen Schmuck.« Sie schüttelte den Kopf. »Also wirklich, Lucy. Du solltest mir lieber beim Suchen helfen. Vielleicht ist der Ring ja runtergefallen.«

»Wenn er runtergefallen wäre«, sagte ich, »würde er in der Badewanne liegen. Vielleicht ist er ja weggespült worden, als du den Stöpsel rausgezogen hast?«
»Wohl kaum«, sagte meine Mutter. »Wie soll er denn da durchgerutscht sein?«
Sie zeigte auf das Abflussloch. Wenn der Stöpsel draußen war, konnte man das Loch nicht mal richtig sehen, weil ein Gitter darüber angebracht war, in dem nur kleine Löcher waren, durch die nicht einmal eine Ameise durchgepasst hätte.
»Ich verstehe das einfach nicht«, sagte meine Mutter ratlos.
»Vielleicht hat Cleopatra ihn *doch* gefressen«, meinte ich. »Sie hat heute Mittag an dem Ring herumgeschnuppert. Und Viola hat selbst gesagt, dass Cleopatra alles frisst. Wer weiß.«
Meine Mutter sah auf. »Jetzt red keinen Unsinn«, sagte sie. »Wahrscheinlich hatte ich ihn schon angezogen und beim Spülen wieder abgenommen, und dann hab ich ihn verlegt. Wir sollten alle gemeinsam suchen, am Ende wird er schon wieder auftauchen!«
Aber der Ring mit dem grünen Smaragd tauchte nicht wieder auf.
Ich ging zu unserem Goldfisch, der gemächlich in seiner Glaskugel herumschwamm. Dr. Watson hatte seinen Namen nämlich aus einem ganz bestimmten Grund.

»Dr. Watson«, sagte ich. »Finden Sie es nicht auch merkwürdig, dass der Ring meiner Mutter verschwunden ist?« Watson hörte auf zu schwimmen und sah mich fragend an. »Verdächtiger Nummer eins ist wohl die Katze Cleopatra«, fuhr ich fort. »Sie hat die ganze Zeit an dem Ring geschnuppert, und Viola sagte, die Katze frisst alles. Warum sollte sie also nicht den Ring gefressen haben?« Dr. Watson blinzelte. Ich nahm das als Zeichen, dass sein Interesse geweckt war. »Wenn dem so ist«, schlussfolgerte ich weiter, »wird der Ring in einigen Tagen wieder auf natürlichem Weg auftauchen, wie damals, als David den Bergkristall verschluckt hatte.« Watson öffnete sein Maul, und ein paar Luftblasen stiegen an die Wasseroberfläche. »Allerdings, Watson«, sagte ich. »Eine Katze, die Ringe frisst, ist wirklich sehr ungewöhnlich.« Ich dachte nach. »Aber wenn es nicht Cleo war, ist das Verschwinden des Rings genauso ungewöhnlich. Wir haben es hier mit einem höchst mysteriösen Fall zu tun, Watson!« Watson ruderte heftig mit der Schwanzflosse. Er mochte mysteriöse Fälle genauso gern wie ich.

Als ich am nächsten Tag auf dem Weg zur Schule Jenny die Geschichte erzählte, war sie sofort davon überzeugt, dass Viola und Cleopatra etwas mit dem Verschwinden des Rings zu tun hatten. »Viola hat ihn eingesteckt«, rief Jenny, »garantiert! Wenn sie die

Steine so toll fand, wollte sie bestimmt erst recht den Ring haben!«

»Na, jetzt mach aber mal halblang«, sagte ich. Das konnte ich mir nun wirklich nicht vorstellen. »Viola ist echt nett. Sie ist doch keine Diebin.«

»Sie ist wohl netter als ich, was?«, sagte Jenny. Sie sah aus, als wollte sie mir an den Hals springen. Ich stöhnte innerlich. Aber so ist Jenny eben. Sie ist eigentlich meistens eine prima beste Freundin, aber wenn ihr jemand in die Quere kommt, kann sie ganz schön biestig werden. Ich hatte den Verdacht, dass sie Viola am liebsten alles angehängt hätte, was je in Stonehill geschehen war (na ja, das war nicht viel). Und ich konnte mir auch gut vorstellen, warum: nicht nur wegen mir, sondern vor allem wegen Owen Cline. Owen war offenbar verrückt nach Viola. Das sah ein Blinder mit Krückstock. Leider war Jenny wiederum in Owen verknallt. Deswegen fand sie Viola nicht nur blöd, sondern ultramegablöd. Aber davon fing ich jetzt lieber nicht an.

»Natürlich ist sie nicht netter als du«, sagte ich. »Aber eine Diebin ist Viola deswegen noch lange nicht, das kann ich mir einfach nicht vorstellen. Sie hat allerdings gesagt, dass Cleo alles frisst, was sie vor die Schnauze bekommt. Vielleicht war es also wirklich Cleo, und wenn der Ring dann wieder auftaucht, bringt Viola ihn bestimmt sofort zu uns.«

»Bitte«, fauchte Jenny, »wenn deine Viola so toll ist, dann kann *sie* ja jetzt deine beste Freundin sein! Ist mir doch egal, wo der blöde Ring ist. Ich *hoffe*, dass die dämliche Katze ihn gefressen hat!« Damit drehte sie sich auf dem Absatz um und stapfte davon.
Zum Glück warteten die anderen an der Ecke, sodass ich wenigstens nicht auch noch alleine zur Schule gehen musste.
»Was war denn mit *der* los?«, fragte Owen, als ich zu ihnen stieß.
»Keine Ahnung«, sagte ich. Denn wenn ich es auch bescheuert fand, wie unfair Jenny war, ging mir Owens Verliebtengetue mit Viola doch mindestens genauso auf die Nerven, und ich wollte garantiert nicht verpetzen, dass Jenny eigentlich in ihn verliebt war.

In den nächsten Tagen passierte nichts Besonderes, und Jenny beruhigte sich wieder so weit, dass sie Viola zwar ignorierte, aber wenigstens mit den Beschuldigungen aufhörte.
Dann machten wir den Klassenausflug nach Keyne Shore.

5. Der Ausflug ans Meer

Marshie hatte angekündigt, dass wir am diesjährigen Winterwandertag an die Küste fahren würden. Wir waren alle völlig aufgekratzt deswegen. Die meisten aus unserer Klasse fahren höchstens in den Sommerferien mit ihren Eltern dorthin, und die nächsten Sommerferien waren noch einen langen Winter und einen Frühling entfernt. Normalerweise besichtigen wir an den Winterwandertagen nur die Edelsteinwerke, aber da will wirklich niemand von uns mehr hin.

»Mir kommen diese verdammten Edelsteine zu den Ohren raus«, hatte Evan Carter beim letzten Mal gesagt, als wir mit Marshie in den Bergstollen unterwegs waren. Um zu zeigen, dass ihm diese verdammten Steine *wirklich* aus den Ohren rauskamen, stopfte er einen Rubin, den er aus seiner Hosentasche gefischt hatte, in sein rechtes Ohr. Dann hüpfte er auf einem Bein herum, damit der Rubin wieder aus dem Ohr rauskommen sollte, aber das geschah leider nicht, und als Evan versuchte, ihn mit einem Finger he-

rauszubekommen, schob er ihn nur noch tiefer hinein. Das Ende vom Lied war schließlich, dass wir unseren Ausflug abbrechen mussten, damit Marshie Evan zum Arzt bringen konnte. Wirklich böse war darüber aber keiner, denn die Edelsteinwerke kannten wir nun wirklich in- und auswendig.
Umso erleichterter waren wir diesmal, dass sich die Schule ein anderes Ziel für unseren Winterwandertag ausgedacht hatte, und so brachen wir an jenem Mittwochmorgen voller Vorfreude Richtung Meer auf. Wir versammelten uns auf dem Schulhof, wo uns der Bus abholen sollte. Es war stockdunkel und eiskalt. Ich zitterte trotz meiner dicken Daunenjacke.
»Gleich erfriere ich«, sagte Owen Cline. »Dann müsst ihr mich ins Gepäcknetz legen, weil ich so steif gefroren bin, dass ich nicht mehr sitzen kann.« Jenny stieß verächtlich Luft aus. Seit Owen Viola anhimmelte, konnte Jenny über seine Witze nicht mehr lachen.
Sogar heute hatte Viola ihre Katze Cleo dabei. Ich dachte, dass Marshie diesmal etwas dagegen sagen würde, aber das tat sie nicht.
Als der Bus kam, warteten die Jungs, bis Viola sich einen Platz im hinteren Teil des Busses ausgesucht hatte. Cleo nahm sie auf den Schoß. Dann stiegen die Jungs nach und nach ein und setzten sich in ihre Nähe. Sich auf den Platz neben ihr zu setzen, traute sich aber keiner. Jenny war immer noch sauer auf mich und be-

legte einen Doppelplatz mit Tina Westermann. Also beschloss ich, Viola zu fragen, ob bei ihr noch frei war. Sie lächelte mich an und schien sich sehr zu freuen, als ich mich neben ihr niederließ.

Evan allerdings wohl weniger. Er sah mich wütend an. Vermutlich, weil ich ihm jetzt im Weg saß und er Viola nicht mehr ungehindert anhimmeln konnte.

So langsam ging es mir auf die Nerven, dass alle Jungs in Viola verknallt waren. Seitdem konnte man mit ihnen kaum noch was anfangen. Aber es war ja schließlich nicht Violas Schuld, dass die Jungs bekloppt waren. Also wandte ich mich ihr zu und fragte: »Freust du dich schon aufs Meer?«

»Oh ja«, sagte Viola. »Ich war noch nie da.«

»Noch nie?«, fragte ich. »Ihr kommt doch aus Virginia, das hat doch eine Küste?«

Viola wich meinem Blick aus.

»Schon«, sagte sie. »Aber wir haben ziemlich weit im Landesinneren gewohnt.«

»Wo denn genau?«, fragte ich.

»In einem kleinen Dorf«, sagte sie. »Kennst du bestimmt nicht.«

Mir fiel auf, dass Viola noch gar nichts von ihrer alten Heimat erzählt hatte. In der Schule redeten wir meistens über Schulsachen, und als Viola zu Besuch bei mir gewesen war, hatten wir nur über die Berufe unserer Eltern geredet und über Stonehill.

Merkwürdig, dachte ich. Wenn ich irgendwo hinziehen würde, ich würde bestimmt von zu Hause erzählen. Andererseits, ich war schließlich noch nie aus Stonehill herausgekommen. Woher sollte ich wissen, wie es war, irgendwo neu zu sein? Vielleicht hatte Viola einfach Heimweh und wollte lieber nicht über ihr altes Zuhause sprechen.

»Wie ist es denn so, wenn man wo neu ist?«, fragte ich.

»Och, es geht so«, sagte Viola. »Die meisten Kinder sind ja ganz nett zu mir. Und die anderen ... na ja, ich bin vielleicht auch anders als ihr.« Sie sah etwas traurig aus, als sie das sagte.

Arme Viola! Ich nahm mir vor, Jenny davon zu erzählen, damit sie ein wenig freundlicher zu Viola war. Schließlich hatte sie nichts verbrochen. Und Jenny war zwar manchmal ein bisschen schwierig, aber das meinte sie nicht so.

»Und deine Familie?«, fragte ich. »Haben sich deine Eltern gut eingelebt?«

»Meinen Eltern geht es gut«, sagte Viola. »Geschwister habe ich ja keine. Macht aber nichts, ich habe ja Cleo.« Sie streichelte die schwarze Katze, die mit geschlossenen Augen auf ihrem Schoß lag und döste.

Wir unterhielten uns noch eine Weile über Tiere.

Als wir schließlich ankamen, war es fast Mittag.

»Yippie!«, rief Owen, der das Meer als Erster durch die großen Fenster erspäht hatte. »Wir sind da!«

Jeder fing an, sein Zeug zusammenzupacken, und ein paar ganz Eilige konnten es nicht abwarten, bis der Bus hielt, und rannten schon auf dem Gang herum. Marshie hatte alle Hände voll zu tun, um die aufgeregte Schar ruhig zu bekommen.
»Alle mal herhören!«, brüllte Marshie. »Wenn das mit euch hier nicht klappt, sind wir schneller wieder zu Hause, als ihr *zu Hause* sagen könnt, ist das klar?«
Wir nickten. Innerlich verdrehte ich die Augen.
»Also«, fuhr Marshie fort, als wir schließlich alle ausgestiegen waren und auf dem Parkplatz standen. »Wir werden zuerst den Leuchtturm besichtigen und dann am Meer entlang nach Ingwie Beach spazieren. Um fünf geht es wieder nach Hause. Ihr bleibt zusammen, und keiner streckt auch nur einen Fuß ins Wasser, verstanden?«
»Was?«, flüsterte Owen Evan Carter zu. »Ich hab's nicht verstanden!«
Evan und Owen grinsten sich an.
Zum ersten Mal hatte ich so was wie Mitleid mit Marshie. Auf die Jungs aufzupassen war schwerer, als einen Sack Flöhe zu hüten.
Es war aber keiner von den Jungs, dem Viola eine halbe Stunde später das Leben retten musste.

Der Leuchtturm war riesig, noch viel höher als der Kirchturm von Stonehill.

»Stellt euch vor«, sagte Marshie, »ihr seid mit einem Schiff draußen auf dem Meer, es ist tiefe Nacht, es stürmt, und ihr wisst, dass euer Schiff dem Untergang geweiht ist. Könnt ihr euch vorstellen, wie es sich anfühlt, wenn ihr in dieser Hoffnungslosigkeit plötzlich ein Licht im Dunkel seht?«

Ich schloss die Augen und stellte mir vor, wie es sein musste, so etwas zu erleben. Ein Schauer durchfuhr mich.

Als wir uns auf den Weg machten, den Leuchtturm zu besichtigen, schien er mit jedem Meter, den wir uns näherten, noch ein Stück höher zu werden.

Drinnen war es eng und stickig. Die Stufen der Wendeltreppe führten steil nach oben. Wir mussten einer hinter dem anderen hochsteigen, für zwei nebeneinander war es zu eng. Viola nahm Cleopatra auf den Arm.

Immer wieder gab es kleine Fenster in der Wand, durch die man sehen konnte, wie weit oben man schon war.

Plötzlich ging nichts mehr voran, weil Andrea Baker nicht weitergehen wollte. »Mir ist schlecht«, sagte sie weinerlich, »mir wird in engen Räumen immer schlecht. Ich kann noch nicht mal Aufzug fahren.«

»Oh Mann«, sagte Owen, »stell dich nicht so an!«

»Ich *kann* einfach nicht«, jammerte Andrea und hielt sich die Hände vor die Augen.

Da war nichts zu machen, und wir sagten nach un-

ten zu Marshie, die am Ende ging, durch, dass Andrea nicht weitergehen wollte, weil ihr in engen Räumen schlecht wurde.
»Das fällt dir *jetzt* ein, Baker?«, sagte Marshie. »Diese Information wäre vor einer Viertelstunde wesentlich nützlicher gewesen!«
Wir mussten uns alle an die Wand quetschen, damit Andrea sich an uns vorbei nach unten schieben konnte.
»Stellt euch mal vor«, sagte Tom Severin, als Andrea an ihm vorbeiging. »Wenn wir uns alle gleichzeitig an dieselbe Wand lehnen, kippt der Leuchtturm vielleicht um.«
Andrea fing jetzt richtig an zu heulen und stolperte die Treppen runter, als ginge es um ihr Leben.
»Tom«, fuhr Viola ihn an. »Du spinnst! Der Leuchtturm ist schmal und rund. Wenn wir uns alle an die Wand lehnen, kann er gar nicht zu einer Seite kippen. Weil die Wand rund ist, verstehst du?«
Tom wurde pink im Gesicht. Er murmelte »Ich mein ja nur«, und Viola schüttelte den Kopf. »Die arme Andrea«, sagte sie vorwurfsvoll. »Ganz schön fies von dir, sie so zu erschrecken. Aber du hast natürlich vor gar nichts Angst, oder?«
Tom machte den Mund auf und wieder zu. Wir anderen waren baff. Dass ausgerechnet Viola Tom sagte, was wir alle dachten, damit hätte keiner von uns gerechnet.

»Seht ihr«, sagte ich zu Jenny und Tina, als wir schließlich oben angekommen waren und die Aussichtsplattform betraten. »Viola ist gar nicht so verkehrt.«
»Kann schon sein«, gab Jenny widerwillig zu.
Wir drängten uns alle an das Gitter der Aussichtsplattform, um das Meer zu sehen. Es war so windig, dass ich meine Kapuze hochschlug. Das Meer sah von hier oben wunderschön aus. Hohe Wellen liefen heran, und wenn sie gegen die Felsen schlugen, sprühte die Gischt meterhoch. Alles war grau: das Meer, der Himmel, die Felsen. Es war irgendwie schaurig-schön.
»Seht mal!«, rief ich. »Da unten steht Andrea!«
Andrea stand auf den Klippen und guckte hoch zu den Möwen, die kreischend durch die grauen Wolken flogen.
»He, Andrea!«, brüllte Tom. Er streckte eine Hand durch das Gitter und winkte. Er musste zweimal brüllen, bis Andrea ihn hörte. Sie sah zu uns hoch und winkte zaghaft zurück. Sogar von hier oben konnte man erkennen, dass sie ordentlich blass um die Nase war. Ich bedauerte Andrea etwas, weil sie die Aussicht nicht auch genießen konnte.
»Schön hier«, sagte Viola. Sie stand neben mir und hatte ebenfalls ihre Kapuze übergezogen. Ihre Haare waren so lang, dass sie unter der Kapuze hervorschauten und vom Wind zerzaust wurden. Viola hielt Cleo auf dem Arm, die neugierig nach unten sah.

Plötzlich wurde Viola weiß wie Schnee. Sie riss die Augen auf und atmete schwer. Ich erschrak.
»Was ist denn los?«, fragte ich. Viola reagierte nicht, aber etwas ging mit ihren Augen vor sich. Sie schienen noch größer als vorhin und glitzerten in verschiedenen Farben gleichzeitig. So etwas hatte ich noch nie gesehen! Es erinnerte mich an mein Kaleidoskop, durch das ich so gerne sah, weil die vielen bunten Steinchen immer neue farbige Bilder formten.
Viola begann, wie wild gegen das Gitter zu hämmern.
»*ANDREA*«, brüllte sie. »Andrea, weg da, geh sofort weg!«
Andrea sah zu uns hoch, aber sie schien nicht zu verstehen, was Viola schrie. Viola streckte eine Hand durch das Gitter und machte Andrea Zeichen, dass sie weggehen sollte, und dabei schrie sie die ganze Zeit weiter. Andrea schien nun doch verstanden zu haben und machte, wahrscheinlich aus lauter Verblüffung, ein paar unsichere Schritte zurück Richtung Leuchtturm.
»*LAUF WEG!*«, brüllte Viola. Ihre Augen funkelten immer noch in allen Farben, aber dann fiel mir etwas auf, das noch viel gruseliger war: Sie drehten sich rasend schnell! Es sah aus, als würden Violas Augen in ihrem Kopf rotieren wie Kreisel, und da man auch keine Pupille mehr sah, wirkten sie überhaupt nicht

mehr wie menschliche Augen, sondern wie ein Effekt aus einem Film.
Ich war so erschrocken, dass ich nicht wusste, wo ich hinsehen sollte: in Violas Gesicht mit dem schrecklichen Anblick der rotierenden, leuchtenden Kugeln in ihren Augenhöhlen oder nach unten zu Andrea, aber dann donnerte es unten laut, und ich wandte meinen Blick zu den Klippen. Andrea rannte, was das Zeug hielt, und hinter ihr brachen die Felsen ab. Genau in diesem Moment verschwand das vorderste Felsstück. Das, auf dem Andrea bis vor ein paar Sekunden gestanden hatte! Das donnernde Geräusch, mit dem die abgebrochenen Felsen nach und nach ins Meer fielen, fuhr mir in die Glieder. Wir alle waren mucksmäuschenstill vor Entsetzen. Und dann war alles plötzlich totenstill. Ich wagte kaum zu atmen, aber plötzlich begriffen wir, dass es vorbei war.
Viola war noch immer weiß im Gesicht, allerdings leuchteten ihre Augen nicht mehr und hatten aufgehört, sich zu drehen. Sie klammerte sich an die Gitterstäbe und atmete schwer.
»Andrea!«, brüllte Marshie, in die jetzt Leben kam. »Wir sind gleich bei dir!« Sie begann, die Treppen hinunterzurennen, und wir anderen rannten hinterher. Auf dem Weg nach unten versuchte ich zu begreifen, was gerade geschehen war. Eines war sicher: Wenn Viola Andrea nicht gewarnt hätte, wäre Andrea mit

den Felsen ins Meer gestürzt! Ich wollte gar nicht daran denken, es war einfach eine zu grausige Vorstellung.
Dank Viola war Andrea aber nichts geschehen, und sie stand wohlbehalten, wenn auch etwas bleich, unten vor dem Leuchtturm, als wir ankamen.
»Baker!«, rief Marshie vollkommen aufgelöst und rannte zu Andrea, um sie an ihren gewaltigen Busen zu drücken. »Mein Gott, Kind, du hättest tot sein können!«
Da fing Andrea an zu heulen. Sie schluchzte und zitterte eine ganze Weile, und wir alle umarmten sie und waren unheimlich froh, dass nichts passiert war.
Aber später fragten wir uns, woher Viola eigentlich gewusst hatte, dass die Felsen abbrechen würden.

6. Rätsel um Viola

Natürlich war zu Hause mächtig was los, als Tim und ich unseren Eltern erzählten, was auf dem Ausflug geschehen war.

»Ohne Viola wäre Andrea abgestürzt und im Meer versunken«, rief Tim.

»Um Himmels willen«, sagte Papa. »Man darf gar nicht daran denken, was hätte geschehen können!«

Mama war kreidebleich. Sie nahm Tim und mich in den Arm, als wären *wir* diejenigen, die fast ins Meer gestürzt wären.

»Gut, dass Viola Cleopatra dabeihatte. Katzen spüren ein Unglück oft lange im Voraus«, sagte mein Vater.

»Kann sein«, sagte ich. »Aber seltsam war es doch. Ich kann mir nicht vorstellen, dass das alles mit Cleo zu tun hatte.«

»Wie meinst du das?«, fragte Mama.

»Na ja«, sagte ich. »Cleo hat einfach nur auf Violas Arm gelegen und gar nichts gemacht. Viola hat auf einmal geschrien, dass Andrea da weggehen soll. Komisch, oder?«

Meine Eltern antworteten nicht gleich. Es war ja klar, dass sie mir nicht glaubten. Erwachsene glauben eigentlich nie irgendwas, das sie nicht verstehen.

»Hm«, machte Mama schließlich nachdenklich. »Es gibt Menschen, die haben so etwas wie den sechsten Sinn. So ungewöhnlich ist das nicht. Wenn man zum Beispiel jemanden anrufen will, und genau in dem Moment ruft derjenige von selbst an. So was gibt's.«

Mama hatte recht. Solche Dinge waren mir auch schon passiert. Zum Beispiel, wenn ich richtig Lust auf Kartoffelsuppe hatte, und genau an dem Tag gab es dann welche. Und ich konnte mich auch daran erinnern, dass Mama mal gesagt hatte, sie will auf keinen Fall heute mit Opa telefonieren, und genau da hatte das Telefon geklingelt und Opa war dran gewesen.

Aber etwas war dennoch unerklärlich für mich, und das war die Sache mit Violas Augen. Sie hatten ihre Farbe gewechselt und sich rasend schnell gedreht. So was hatte ich noch nie gesehen, und es hatte mir einen Riesenschrecken eingejagt.

Was war das gewesen? Wie konnte das sein? Während der ganzen Fahrt von Keyne Shore nach Hause war ich Viola gegenüber befangen gewesen und wusste nicht, was ich denken oder sagen sollte. Natürlich war nach dem Vorfall erst mal ein ziemliches Tohuwabohu entstanden, und es hatte eine Weile gedauert, bis sich alle wieder beruhigt hatten. Es war Andrea gewesen, die schließlich die Frage stellte, die uns alle beschäftigte: Woher hatte Viola gewusst, was passieren würde? Viola antwortete, sie hätte gesehen, dass am Rand der Klippe ein paar kleine Stücke abbrachen. »Wir haben früher mal in den Bergen gewohnt«, hatte sie erklärt, »und da lernt man schnell die Vorzeichen kennen, wenn ein Stück Fels abbricht.«

Das klang logisch. Wir alle wussten ja, dass Viola aus Virginia kam, und hatten schon einiges über die Blue Ridge Mountains gehört, ein riesiges Gebirge dort. Deswegen fragte dann auch keiner mehr nach. Allerdings hatte außer mir auch niemand gesehen, dass in den Momenten vor dem Unglück etwas mit Violas Augen geschehen war. Ich war die Einzige, die so nahe bei ihr gestanden hatte, und ich wusste nicht, wie ich damit umgehen sollte. Sollte ich Viola fragen? Ich hatte natürlich darüber nachgedacht, aber immer wenn ich die Frage in meinem Kopf formulieren wollte, klang es völlig abgedreht. Was sollte ich denn sagen? Vielleicht so was wie: »Hey, deine Augen haben sich verhalten wie Glasmurmeln. Hast du das öfter?«

Vor allem aber, das musste ich mir eingestehen, hatte ich Angst vor Violas Reaktion. Was, wenn sie tatsäch-

lich ein unheimliches Geheimnis hatte? Eine magische Fähigkeit vielleicht? Würde sie mir das einfach so verraten? Wohl kaum.
Ich wusste nicht, was ich tun sollte, als ich schließlich auf der Rückfahrt wieder neben ihr und Cleo saß. Cleo döste in Violas Schoß, und Viola sagte, sie sei ziemlich müde, und schloss die Augen. Ich betrachtete ihre Lider und fragte mich, ob es so etwas wirklich geben konnte: Augen, die ihre Farbe wechselten und rotierten. Ich betrachtete Viola noch einmal ganz genau, von oben bis unten, aber ich konnte nichts Außergewöhnliches an ihr entdecken. Vielleicht hatte mir meine Phantasie einen Streich gespielt, und ich hatte mir alles nur eingebildet? Aber ich wusste doch, was ich gesehen hatte! Oder nicht?
Schließlich war auch ich bei dem gleichmäßigen Motorgeräusch des fahrenden Busses eingeschlafen, und als ich wieder aufwachte, schien mir alles ein ferner Traum gewesen zu sein.
Ich war mir nicht sicher, ob meine Eltern mich nicht für verrückt halten würden, wenn ich ihnen das mit den Augen erzählte, und beschloss, es lieber nicht darauf ankommen zu lassen.
Es gab ja zum Glück jemand anderen in diesem Haushalt, der sich für meine Beobachtungen interessierte und für den keine Theorie zu abwegig war. Ich sagte meinen Eltern Gute Nacht und machte auf

dem Weg zu meinem Zimmer einen Umweg über die Küche.
Dr. Watson schwamm gemächlich in seinem Glas herum.

»Dr. Watson«, sagte ich. »Ich muss Ihnen unbedingt etwas erzählen. Haben Sie Zeit?« Dr. Watson bewegte seine Schwanzflosse. Wie immer hörte er sich meine ganze Geschichte aufmerksam an. »Unglaublich, oder?«, endete ich, nachdem ich alles berichtet hatte. »Haben Sie so etwas schon mal gehört?« Watson sah mich zweifelnd an. »Ich auch nicht«, sagte ich. »Vielleicht stimmt es ja, was meine Mutter sagt, und es gibt den sechsten Sinn?« Watson schaute skeptisch. »Sie haben recht«, sagte ich. »So einfach ist die Sache nicht. Das mit Violas Augen ist und bleibt unerklärlich. Sie haben die Farbe gewechselt, und die Pupillen waren verschwunden. Die Pupillen, Dr. Watson! Komplett verschwunden!« Dr. Watson ruderte aufgeregt mit den Flossen und gewann an Fahrt.
»Oder habe ich mir das alles nur eingebildet? Watson, was denken Sie?« Watson stoppte abrupt und sah mich vorwurfsvoll an. »Nicht?«, fragte ich. »Ich soll meinen Erinnerungen vertrauen? Na, wenn das so ist ... Noch habe ich keinen blassen Schimmer, was hinter der Sache steckt. Aber ich werde es herausfinden, verlassen Sie sich drauf!« Luftblasen stiegen über Dr. Watsons Maul auf. »Sie haben recht, Watson«, sagte ich. »Wenn jemand die Vorfälle

aufklären kann, dann wir. Gemeinsam werden wir dem Geheimnis auf die Spur kommen!«

Ich ging auf mein Zimmer und überlegte, was ich jetzt tun sollte. Am liebsten hätte ich Jenny oder Tina angerufen und ihnen die Sache mit Violas Augen erzählt. Vielleicht würden sie mir sogar glauben, aber bestimmt würden sie Viola dann noch komischer finden. Ich beschloss, Jenny trotzdem anzurufen und herauszufinden, wie sie über den Vorfall mit Andrea dachte. Ich nahm das Telefon mit nach oben und wollte gerade Jennys Nummer wählen, als das Telefon in meiner Hand zu klingeln begann. Jennys Nummer wurde angezeigt. Also wieder genauso eine Situation wie die, von der Mama vorhin gesprochen hatte. Während ich annahm, sah ich in meinen Spiegel. Vielleicht funkelten meine Augen ja auch. Aber sie sahen ganz normal aus. Grünbraun, gewöhnlich wie immer.
»He, hörst du mir überhaupt zu?«, fragte Jenny.
Ich war so mit meinen Augen beschäftigt gewesen, dass ich Jenny tatsächlich nicht zugehört hatte.
»Äh, sorry«, sagte ich. »Mir ist das Telefon weggerutscht.«
»Findest du Viola auch so komisch?«, fragte Jenny. »Das war doch total verrückt, die Sache mit Andrea, oder? Ich hab gleich gesagt, dass mit Viola was nicht stimmt. Voll unheimlich ist die!«

»Komisch ist es schon«, antwortete ich vorsichtig. »Aber meine Mutter hat gesagt, es gibt Leute, die so was wie einen sechsten Sinn haben. Das ist nichts Ungewöhnliches. Eben, zum Beispiel, da wollte ich dich anrufen, und im gleichen Moment hat das Telefon geklingelt, und du warst dran. Vielleicht passiert Viola ja so was auch, nur eben auch bei ganz besonderen Dingen, wenn ein Fels abbricht und ins Meer stürzt etwa. Das ist genau dasselbe.«

In dem Moment, als ich es sagte, fand ich aber selbst, dass man das nicht vergleichen konnte.

»War ja klar, dass du sie wieder verteidigst«, rief Jenny. »Egal, was Viola macht, du findest es toll!« Sie schnaubte vor Wut.

»Hey, Viola hat Andrea das Leben gerettet«, sagte ich. »Das ist ja wohl wirklich toll, oder nicht? Ohne Viola wäre Andrea jetzt wahrscheinlich tot!«

Jenny schwieg eine Weile. »Klar, stimmt schon«, meinte sie schließlich. »Es ist nur … seit Viola da ist, ist irgendwie alles anders.«

Jenny kam nicht damit klar, dass ich Viola mochte und sie zu mir eingeladen hatte. So ist sie manchmal. Außerdem war sie hundertprozentig stocksauer, weil sie ja in Owen Cline verknallt war und der nur noch Augen für Viola hatte. Ich seufzte. Jenny war manchmal echt schwierig, aber sie hatte es auch nicht leicht zurzeit.

»Ach, komm schon«, sagte ich. »Du weißt, dass du meine beste Freundin bist! Daran ändert sich doch nichts, nur weil ich jetzt auch Viola mag!«

Jenny schwieg.

»Jenny, bitte«, sagte ich.

»Dann ist ja gut«, sagte sie schließlich.

Wir telefonierten noch eine halbe Stunde, und nach einer Weile klang sie wieder wie früher. Da ich jetzt lieber nichts mehr riskieren wollte, beschloss ich, die Sache mit Violas Augen lieber noch nicht zu erwähnen.

Es sah so aus, als ob ich mit meinen Gedanken ziemlich allein war.

Ich war echt gespannt, Viola am nächsten Tag in der Schule wiederzusehen. Irgendetwas stimmte nicht mit ihr, und ich wollte unbedingt mehr darüber herausfinden.

7. Schlammschlacht

Am nächsten Tag war Viola nicht in der Schule.
»Leider hat sich Viola auf unserem Ausflug erkältet«, erklärte Marshie. »Sie ist für heute entschuldigt. Morgen wird sie wieder bei uns sein. Dann wollen wir uns alle recht herzlich bei ihr bedanken, nicht wahr?«
Andrea Baker schnippte heftig mit den Fingern und beugte sich so weit vor, dass sie fast über ihr Pult kippte.
»Ja, Baker?«, fragte Marshie freundlich. Vielleicht war sie ja jetzt ein bisschen geduldiger mit Andrea, wo Andrea doch fast gestorben war.
»Ich habe ein ganz tolles Geschenk für Viola«, sagte Andrea eifrig. Ihre Wangen glühten.
»Das ist schön, Baker«, erwiderte Marshie. »Viola wird sich bestimmt freuen, wenn du es ihr morgen gibst.«
»Ich würde es ihr aber gern heute Mittag schon geben«, sagte Andrea. »Können Sie mir bitte sagen, wo Viola wohnt?«

Alle guckten Marshie gespannt an. Keiner von uns wusste, wo die Burrows wohnten, aber alle wollten es wissen. Vor allem die Jungs. Ich wäre jede Wette eingegangen, dass jeder von ihnen schon insgeheim überlegt hatte, wie er zu Violas Haus schleichen und ein Geschenk vor die Tür legen konnte oder einen Liebesbrief oder so was.
Wahrscheinlich vermutete Marshie das auch, denn sie sagte schnippisch: »Baker, hast du Watte in den Ohren? Ich habe doch gesagt, dass Viola krank ist! Sie braucht ihre Ruhe und freut sich ja wohl morgen noch genauso über dein Geschenk wie heute. Oder etwa nicht?«
Andrea wurde rot. »Natürlich, Mrs Hersham«, sagte sie eilig.
Während des Unterrichts schaute ich immer wieder auf den leeren Platz, auf dem sonst Viola saß. Ich hätte so gern versucht herauszufinden, was mit ihr los war. Ob sie wirklich nur eine Erkältung hatte, wie Marshie sagte? Tim lag heute immerhin auch mit Fieber im Bett. Oder stimmte vielleicht etwas ganz anderes nicht mit ihr? Etwas, das mit ihren merkwürdigen Augen zu tun hatte? Am liebsten wäre ich nach der Schule unter einem Vorwand bei ihr vorbeigegangen. Ich konnte ja sagen, dass ich ihr die Hausaufgaben bringen wollte, oder so etwas. Aber Marshie wollte die Adresse offensichtlich nicht rausrücken, und da war dann nichts zu machen. Die Burrows

wohnten ja erst seit Kurzem hier, da würden sie bestimmt noch nicht im Telefonbuch stehen. Ich musste wohl leider warten, bis Viola wieder in der Schule sein würde.

»Ich finde es total cool, dass Viola Andrea gerettet hat«, sagte Owen Cline, als wir Kinder aus der Maple Street uns gemeinsam auf den Nachhauseweg machten.
Jenny kickte gegen eine Blechdose. Sie flog in hohem Bogen auf Mrs Weinsteins Auto. Mrs Weinstein war eine ältere Dame und ziemlich pingelig. »Mist«, murmelte Jenny, und wir guckten, ob die Dose das Auto beschädigt hatte, aber zum Glück war nichts zu sehen.
»Ich find's auch irre«, sagte Tina Westermann. »Ich frag mich ja nur, woher Viola gewusst hat, dass der Felsen abbrechen würde.«
»Meine Mutter meint, es gibt Leute, die einen sechsten Sinn haben«, sagte ich.
»Vielleicht kann Viola ja sogar richtig hellsehen?«, sagte Annie Clover schüchtern.
Owen und Evan lachten sich halb tot.
»Genau«, sagte Evan, als er sich wieder beruhigt hatte. »Und sie ist außerdem noch die beste Freundin vom Weihnachtsmann, was?«
Annie wurde rot. »Ach, Quatsch«, sagte sie. »Ich mein ja nur so.«

»Wenn ihr es besser wisst, dann nur her mit eurer Erklärung«, sagte Jenny böse.
»Keine Ahnung«, sagte Evan. »Aber mal ehrlich, hellsehen kann ja wohl keiner.«
»Kann man nie wissen«, meinte Tina. Sie kaute an einer Haarsträhne und sah aus, als würde sie angestrengt nachdenken.
»Auf jeden Fall ist sie eine Lebensretterin«, sagte Owen. Er guckte schwer beeindruckt.
»Ganz toll«, fauchte Jenny.
Ging das schon wieder los! Mit Jenny war im Moment einfach nicht gut Kirschen essen. Leider kapierte Owen das nicht.
»Mann«, sagte er zu Jenny. »Was ist denn mit dir los?«
»Oh, oh«, flüsterte ich Tina zu. »Der arme Owen.«
Wir kicherten. Man lebte ganz schön gefährlich, wenn man Jenny wütend machte.
Jenny blitzte Owen an. »Vollidiot«, sagte sie. »Du dämlicher Vollidiot!«
Wer angefangen hatte, konnte hinterher keiner mehr sagen, aber jedenfalls war plötzlich eine ordentliche Schlammschlacht im Gange. Es hatte in den letzten Tagen ständig geregnet. Keine Schauer, sondern ein feiner, grauer Nieselregen, der einem unter die Kleidung kroch und die ganze Welt in einen feuchten Schleier hüllte. Und hier im Park war der Boden ganz

matschig, Jenny und Owen konnten sich also prima gegenseitig in den Schlamm werfen.
»Tja«, sagte Tina. »Wenn Jenny auf einen wütend ist, hat man echt verloren. Hoffentlich reißt sie morgen Viola nicht die Haare einzeln aus.«
Ich war froh, dass Tina Viola auch mochte. Vielleicht konnte ich ja ihr von der Sache mit Violas Augen erzählen? Sie war viel bedachter als Jenny und würde sicher nicht vorschnell urteilen.
»Es gibt da etwas wegen Viola«, fing ich vorsichtig an. »Ich habe es noch niemandem erzählt.«
»Was denn?«, fragte Tina neugierig.
»Also, auf dem Ausflug nach Keyne Shore –«, begann ich, aber weiter kam ich nicht. Ein Schlammball erwischte mich mit voller Wucht und bedeckte mich über und über mit Schlammspritzern. Jenny hatte ihn geworfen. Jetzt war sie wohl auch noch sauer, weil ich mit Tina redete und nicht mit ihr.
Ich griff mir eine ordentliche Portion Schlamm vom Boden und feuerte sie auf Jenny, und dann waren wir alle dabei und lieferten uns eine gewaltige Schlammschlacht. Wir lachten uns halb tot, weil wir uns so einsauten, dass wir bald wie Wildschweine aussahen, und irgendwann war keiner mehr sauer. Als wir schließlich an Annie Clovers Haus ankamen, waren wir alle von oben bis unten total mit Matsch beschmiert. Annies Rüschenkleid war ziemlich hinüber.

»Ups«, sagte Annie ängstlich. »Das gibt Ärger!« Ihre Mutter legte viel Wert auf ordentliche Kleidung, und Annie sah sonst immer aus wie eine Porzellanpuppe. Jetzt gerade glich sie allerdings eher einem Ferkel, das man in ein Rüschenkleid gesteckt hatte. Ich hoffte, dass ihre Mutter nicht allzu viel Stress machen würde. Als wir bei Tina Westermanns Haus ankamen und sie sich zur Haustür trollte, machte ich ihr hinter Jennys Rücken das Telefonierzeichen. Leider bekam Jenny es trotzdem mit. Sie giftete gleich schon wieder los: »Was habt ihr denn für Geheimnisse miteinander?«, aber gerade da bog jemand um die Ecke und rief »Hallo!«. Es war Mr Harper, unser Postbote. Er war immer gut gelaunt und lachte laut los, als er uns sah.

»Wo habt *ihr* euch denn rumgetrieben?«, fragte er. »Ihr seht aus wie Riesenferkel!«

»Wir haben einen Schulausflug ins Weltall gemacht und einen Planeten ganz aus Matsch entdeckt. Matschonia vier-eins-drei«, sagte Evan Carter.

Das sollte wohl witzig sein. Jenny und ich fanden es nicht witzig, aber Mr Harper lachte schon wieder.

»Schön, schön«, sagte er. »Hier hab ich übrigens noch eine Postkarte für deine Mutter, Evan«, sagte er. »Ist wohl irgendwo zwischengerutscht, ich hab sie gerade erst gefunden. Nimmst du sie bitte mit? Dann muss ich nicht mehr zurücklaufen.«

»Klar«, sagte Evan. Er grapschte mit seinen Matsch-

fingern nach der Karte, und Mr Harper guckte besorgt auf das hübsche bunte Motiv auf der Vorderseite.
»Hm«, sagte Mr Harper. »War wohl doch keine gute Idee von mir. Ich hoffe, man kann den Text noch erkennen!«
Evan drehte die Karte um und sagte: »Nee, kann man nicht, aber dafür ist meine Mutter die Einzige, die eine Karte von Matschonia bekommt!«
Was Jungs so alles witzig finden.
Ich war froh, als ich zu Hause ankam, denn jetzt erst merkte ich, dass ich fror.
»Um Himmels willen, Lucy«, sagte Mama, als sie mich sah. »Wirklich, reicht es nicht, dass Tim krank ist? Musst du in dieser Kälte auch noch mit nassen Kleidern heimkommen?«
Während ich mich aus den Stiefeln schälte und Mama vor sich hin schimpfte, fiel mein Blick auf die Post, die Mr Harper vorbeigebracht hatte und die nun auf dem Abstelltischchen im Flur lag. Ein Umschlag sah besonders hübsch aus, Mamas und Papas Namen und unsere Adresse waren in einer schön geschwungenen Schrift daraufgeschrieben. Irgendetwas machte »Klick« in meinem Kopf, aber ich wusste nicht, was.
»Lucy«, sagte Mama. »Wo steckst du denn schon wieder mit deinen Gedanken?«
Und plötzlich fiel der Groschen! Ich schlüpfte schnell wieder in meine Stiefel.

»Bin gleich wieder da!«, rief ich Mama zu, als ich aus dem Haus rannte. Hoffentlich war Mr Harper noch nicht so weit gekommen. In der Ferne sah ich seinen gelben Postkarren aus dem Nieselgrau herausleuchten.

»Mr Harper!«, rief ich, »Mr Harper! Bitte warten Sie!«

8. Gilmore Street 13

Mr Harper sah mich erstaunt an, als ich angerannt kam. »Entschuldigung«, keuchte ich. »Wissen Sie vielleicht, wo die Familie Burrow wohnt? Die, die neu hierhergezogen sind?«
»Natürlich weiß ich das«, sagte Mr Harper. »Die Burrows wohnen in der Gilmore Street *13*, Darling. Im ältesten Haus der Stadt.«
»Danke«, sagte ich. »Viola Burrow geht nämlich in meine Klasse, und ich wollte ihr gern die Hausaufgaben vorbeibringen, sie war heute nicht in der Schule.«
Mr Harper beugte sich zu mir herunter.
»Vorsicht, Lucy!«, raunte er. »Du weißt ja, was man über Häuser mit der Nummer *13* und schwarze Katzen sagt, oder?« Irrte ich mich, oder hatten seine Augen einen eigenartigen Glanz?
Ich musste ihn wohl ziemlich panisch angesehen haben, denn Mr Harper prustete laut los. »Mensch, Lucy«, sagte er. »Ich hab doch nur einen Spaß ge-

macht. Du siehst ja aus, als wäre dir der Teufel begegnet!«

»Nein, nein, schon klar«, stotterte ich. Ich zwang mich, Mr Harper anzusehen. Seine Augen sahen völlig normal aus, er lachte arglos und freundlich, und ich schämte mich ein bisschen, weil ich mich wie ein kleines Kind verhalten hatte. Ich merkte, wie ich rot wurde. *Mann, Mann, Mann, Lucy*, dachte ich, während ich mich auf den Rückweg zum Haus machte, Mr Harpers Lachen in meinen Ohren.

Dr. Watson wartete schon ungeduldig, als ich zur Küchentür hereinkam. *Wo waren Sie denn nun schon wieder, Miss Lucy?*, schien sein vorwurfsvoller Blick zu fragen. »Nun, Watson«, sagte ich, höchst zufrieden mit mir selbst. »Als ich die Briefumschläge im Postkorb liegen sah, schoss mir ein genialer Geistesblitz durch den Kopf. Es ist eigentlich ganz einfach: Wenn man etwas über einen Ort wissen will, muss man nur die Taxifahrer und Postboten fragen. Die kommen überall herum und wissen einfach alles!« Dr. Watson schaute mich genauso bewundernd an, wie ich es erwartet hatte. »Mr Harper hat mir bereitwillig Auskunft gegeben. Die Burrows wohnen in der Gilmore Street 13! Ich werde mich gleich auf den Weg dorthin machen. Wünschen Sie mir Glück, Watson! Die meisten Menschen mögen es nicht, wenn jemand ihnen zu dicht auf die Pelle rückt und ihren Geheimnissen auf die Schliche kommt.« Dr. Watson wedelte zustimmend mit der Schwanzflosse. Luftblasen stiegen über seinem Maul auf.

»Danke schön, Watson«, sagte ich. »Das Glück, das Sie mir wünschen, kann ich wirklich gut brauchen.«

Kurz darauf machte ich mich mit den Hausaufgaben in der Tasche und einem seltsamen Gefühl im Bauch auf den Weg zu Viola. Irgendetwas stimmte nicht mit den Burrows, und Mr Harper hatte mich noch nervöser gemacht, als ich es ohnehin schon war. Natürlich hatte er nur einen Scherz gemacht, aber dennoch war mir für einen Moment sehr unheimlich zumute gewesen. Und es passte, fand ich, dass die Burrows im ältesten Haus der Stadt wohnten. Hier waren fast alle Häuser sehr alt, aber das allerälteste von allen war dann doch wieder etwas Besonderes.

Es war nicht allzu weit bis zur Gilmore Street, und ich hatte ungefähr die halbe Strecke hinter mir, als sich der Himmel plötzlich zuzog. Dicke, graue Wolken türmten sich auf, und in der Ferne hörte man ein dumpfes Grollen. Zum Glück trug ich meine Regenjacke. Im Herbst und Winter regnet es bei uns ziemlich oft, und kaum jemand geht je ohne Regenjacke vor die Tür. Wenn alle ihre Kapuzen hochziehen, kann man keinen Menschen mehr von dem anderen unterscheiden. Die Einwohner von Stonehill kaufen ihre Regenjacken nämlich alle im selben Geschäft, und es gibt sie dort nur in einer Farbe: Wir nennen sie *Herbstahornblattorange.*

Ich kam also gerade in meiner herbstahornblattorangen Jacke an die Kreuzung Ecke Gilmore Street, als ich plötzlich das Gefühl hatte, beobachtet zu werden. Ich blieb stehen und sah mich um. Die Straßen waren leer. Trotzdem war ich mir sicher, dass mich jemand mit seinen Blicken verfolgt hatte. Komisch ... Vielleicht hatte ich ja wirklich den sechsten Sinn? Ich schaute mich noch einmal um, doch da war nichts. Also ging ich weiter, aber das Gefühl, beobachtet zu werden, blieb. Als ich ein paar Schritte gegangen war, bemerkte ich im Augenwinkel plötzlich eine Bewegung. Ich drehte mich um und sah eine Katze auf dem Mäuerchen am Wegesrand stehen, als hätte sie gerade mitten in der Bewegung innegehalten.

Eine Katze mit schwarz glänzendem Fell und einem weißen Fleck auf der Brust. Eine Katze, die mich unverwandt anstarrte.

»Cleo«, flüsterte ich. Cleos Augen lagen im Schatten eines Baumes, sodass sie pupillenlos schwarz erschienen. Aber bewegten sie sich nicht viel zu schnell? Cleo schien zu lächeln und fixierte mich mit ihrem Blick. Für einen Moment blieb mein Herz stehen, und ich hatte das Gefühl, mich nicht mehr bewegen zu können. *Was um alles in der Welt war das?* Urplötzlich

179

spannte Cleo alle Muskeln an, machte einen Satz und verschwand auf der anderen Seite der Mauer.
Tausend Gedanken schossen mir durch den Kopf, und ich konnte wieder durchatmen. Was war mit Cleo los gewesen? Hatte sie mich schon länger beobachtet? War sie wirklich eine ganz gewöhnliche Katze? Sie hatte fast menschlich gewirkt mit ihrem Lächeln. Ich hatte noch nie eine Katze lächeln gesehen. Was ging hier bloß vor sich? Ich konnte mir auf nichts einen Reim machen. Mit jedem Schritt Richtung Gilmore Street *13* wurde ich nervöser. Was würde mich dort erwarten?
Das Haus der Burrows sah auf den ersten Blick genauso aus wie die meisten anderen Häuser in Stonehill: Es hatte zwei Etagen und ein Dachgeschoss im spitzen Dach, einen kleinen Erker an jeder Seite und lag hinter ein paar Bäumen, ein Stück von der Straße entfernt. Wenn man genauer hinsah, wirkte es aber doch ein bisschen anders: Die meisten Häuser in Stonehill waren bunt gestrichen, aber dieses hier bestand aus verwittertem, graubraunem Holz, und es wirkte irgendwie schmaler und höher. An einem großen Gartentor aus schwarzen Gitterstäben war ein Briefkasten angebracht, auf dem in schwarzen Buchstaben »Burrow« stand. Die Schrift war ein bisschen verlaufen, so, als wäre das Papier nass geworden. Das »o« sah fast wie ein Totenkopf aus.

Ich öffnete das Tor. Seltsam, ich hätte gedacht, dass es quietschen würde, aber es schwang lautlos auf. Dafür knirschten die Kieselsteine auf dem Gartenweg, und ich bekam eine Gänsehaut. Der Vorgarten bestand aus matschigem, braunem Gras und ein paar hohen, dürren Bäumen. Mit ihrem seltsam verzweigten Geäst sahen sie aus wie Skeletthände, die nach mir greifen wollten, als ich vorbeiging. Irgendwie wirkte alles hier, als ob es auf etwas lauerte. Die Fenster im oberen Stock schauten wie tiefe Augenhöhlen auf mich herunter, und die beiden Säulen auf der Veranda glichen zwei einzelnen Zähnen, die in einem ansonsten zahnlosen Mund darauf warteten, jemanden zu zermalmen. Mir schauderte. Die Treppe, die auf die Veranda führte, war schief, und ich wäre fast auf ein paar feuchten Blättern ausgerutscht. Ich stellte mir gerade vor, wie das morsche Holz unter mir nachgab und ich in ein dunkles Verlies unter der Veranda fiel, als die Haustür aufging und ich einer Frau gegenüberstand.
Es musste Violas Mutter sein, denn sie sah aus wie eine ältere Ausgabe von Viola selbst. Die Frau war groß und genauso blass wie Viola, und genau wie Viola hatte sie lange, schwarz glänzende Haare. Sie trug sogar fast dieselben Kleider: einen langen Rock und ein T-Shirt, nur in Blau statt in Lila.
»Hallo, Lucy«, sagte die Frau, die wohl Mrs Burrow war.

Sie lächelte, allerdings wirkte es nicht echt. Ich hatte ein komisches Gefühl im Bauch. Ich hatte doch noch gar nicht geklingelt, wie konnte Violas Mutter wissen, dass ich vor der Tür stand? Hatte sie mich durch ein Fenster kommen sehen? Das erklärte aber nicht, woher sie wusste, wie ich hieß. Viola hatte keine Ahnung, dass ich sie besuchen kommen wollte, und gesehen hatte mich von ihrer Familie bisher auch noch niemand.

»Guten Tag, Mrs Burrow«, sagte ich so unbefangen, wie ich konnte. »Ich gehe in Violas Klasse und wollte ihr die Hausaufgaben bringen und fragen, wie es ihr geht.«

»Oh, es geht ihr besser«, sagte Mrs Burrow. Ihr Mund lächelte weiter. Ich wartete, aber sie machte keine Anstalten, mich hereinzulassen.

»Deeeeboooraaaaah«, hörte ich jemanden mit knarzender Stimme aus dem Haus rufen.

Mrs Burrows Gesicht spannte sich an. Ihre kalten Augen fixierten mich, und ich wusste nicht genau, wo ich hinsehen sollte.

»Nun, Lucy«, sagte Mrs Burrow schließlich. »Es ist nett von dir, dass du Viola besuchen möchtest. Aber sie fühlt sich noch etwas krank. Ich werde ihr die Hausaufgaben geben. Ihr seht euch ja morgen in der Schule, nicht wahr?«

Ich nickte, zog die Blätter für Viola aus der Tasche und

gab sie ihrer Mutter. Hatte Mrs Burrow eben nicht gesagt, Viola ginge es besser? Als sie mir die Sachen abnahm, streiften ihre Finger meinen Arm, und ich zuckte zusammen. Ihre Finger waren eiskalt. »Der Winter kommt bald«, flüsterte sie. »Nicht wahr?« Ihre Stimme klang wie ein eisiger Windhauch.

Ich nickte und hoffte, dass Mrs Burrow nicht merkte, wie unheimlich mir zumute war. Sie hätte wirklich aus einem Fantasyroman stammen können, mit ihren kalten Augen und der Windstimme.

»Du solltest jetzt nach Hause gehen«, flüsterte Mrs Burrow. »Sieh zu, dass du noch vor Einbruch der Dunkelheit nach Hause kommst. Man weiß ja nie, was da draußen lauert, nicht wahr?«

Sie ließ ihre eisblauen Augen durch die Umgebung schweifen. Irgendwo knackten Zweige. War das Cleo? Oder irgendein anderes Tier? Es hätte mich nicht einmal gewundert, wenn jetzt ein Einhorn auf der Bildfläche erschienen wäre. Hier war alles möglich.

»Auf Wiedersehen«, brachte ich heraus und zwang mich, mich umzudrehen und die Stufen der Veranda hinabzusteigen. Ich ging langsam über den Kiesweg auf die Straße zu. Die ganze Zeit spürte ich Mrs Burrows Blick in meinem Rücken, es kribbelte richtig, aber als ich mich an der Straße kurz umdrehte, war niemand mehr zu sehen. Das Haus und der Garten lagen verlassen in der Dämmerung.

Ich atmete tief durch. Einen so unheimlichen Menschen wie Mrs Burrow hatte ich noch nie gesehen. Nichts wie weg hier!
Ich begann zu laufen, aber ich kam nicht sehr weit. Leider hatte ich meine Kapuze etwas zu tief über die Augen gezogen und sah nicht, dass mir jemand im Weg stand. Ich rannte ungebremst in die Person hinein.
»Sieh an, sieh an«, sagte eine weibliche Stimme. »Wen haben wir denn da?«

9. Alles sehr seltsam

Vor mir stand meine Lehrerin, Mrs Hersham!

»Wo kommst du denn so stürmisch her, Lucy?«, fragte sie.

»Ähm«, sagte ich. »Von Viola Burrow, ich wollte ihr die Hausaufgaben bringen, weil sie doch krank ist.«

Marshie sah mich fragend an. »Du warst bei den Burrows? Ich habe euch doch heute Morgen gesagt, dass Viola noch krank ist und Ruhe braucht. Außerdem ... Hat Viola dir gesagt, wo sie wohnt?«

Marshies Stimme klang, als ob sie auf etwas lauerte. Merkwürdig. Es war ja schließlich nichts Unrechtes, eine kranke Freundin zu besuchen. Marshie tat geradezu so, als hätte ich ein Verbrechen begangen!

»Na ja«, sagte ich. »Viola ist doch meine Freundin. Ich dachte, sie freut sich bestimmt, mich zu sehen. Und wegen der Adresse habe ich einfach den Postboten gefragt.«

»So, so«, sagte sie. »Du bist ja ein kluges Köpfchen. Aber jetzt sieh zu, dass du nach Hause kommst, es wird bald dunkel. Kinder sollten so spät nicht allein unterwegs sein!«

»Ja, Mrs Hersham«, sagte ich. »Auf Wiedersehen!«

»Auf Wiedersehen«, sagte Marshie. Sie setzte ihren Weg fort, und ich ging in die entgegengesetzte Richtung weiter. Wohin wollte Marshie eigentlich? Wir waren mal mit der ganzen Klasse bei ihr zu Kakao und Kuchen eingeladen gewesen, deshalb wusste ich, dass ihr Haus am anderen Ende von Stonehill lag. Wollte sie etwa auch zu den Burrows? Aber warum? Wegen der Hausaufgaben wohl kaum, es wäre ein Leichtes gewesen, sie einem von uns Kindern mitzugeben. Schließlich hatte sich ja Andrea angeboten, bei Viola vorbeizugehen.

Ich ging erst mal eine Weile weiter, wandte mich dann wieder um und ging Marshie in gebührendem Abstand nach. Ich achtete darauf, so nah an Mauern und Bäumen zu bleiben, dass ich mich schnell verstecken konnte, wenn Marshie sich umdrehte, aber das tat sie nicht. Erst als sie tatsächlich am Gartentor der Burrows stehen blieb, schaute sie einmal nach rechts und nach links, aber ich verbarg mich hinter einem dicken Baumstamm und sah zu, wie Marshie im Garten der Burrows verschwand. Seltsam! Was wollte Marshie denn hier? Ich wartete eine Weile, denn wenn sie tatsächlich nur etwas abgeben wollte, würde sie nicht lange bleiben. Aber es verging Minute um Minute, und

Marshie kam nicht zurück. Es begann zu dämmern, und ein feiner Nieselregen setzte ein, also machte ich mich auf den Heimweg. Ich grübelte und grübelte, aber ich konnte mir auf all das keinen Reim machen.
»Na, das wurde aber auch Zeit«, sagte Mama, als ich zur Tür hereinkam. »Es wird schon dunkel!«
»Wie war es denn bei Viola?«, fragte Papa.
Am liebsten hätte ich »unheimlich« gesagt, aber das verkniff ich mir. Es war wohl besser, ich sagte nichts davon, dass Violas Katze mich auf unheimliche Art angelächelt und mit unergründlichen Augen angesehen hatte. Meine Eltern hatten gerade erst begonnen, sich an meine Unterhaltungen mit Dr. Watson zu gewöhnen. Wenn ich ihnen jetzt auch noch sagte, dass ich mich neuerdings vor einer Katze gruselte, würden sie mich vermutlich für komplett irre halten.
»Na ja, Mrs Burrow war nicht besonders freundlich zu mir«, sagte ich also nur.
»Tatsächlich?«, sagte Papa erstaunt. »Das kann ich mir gar nicht vorstellen. Die Burrows sind doch ungemein nette Leute. Und Violas Mutter ist ganz reizend!«
Ich verstand gar nichts mehr. Woher kannte Papa denn auf einmal Violas Eltern? Vermutlich machte ich ein ziemlich ratloses Gesicht, denn Papa erriet, was ich dachte.
»Die beiden waren heute Morgen auf der Betriebsver-

sammlung und haben vor der versammelten Belegschaft gesprochen«, erklärte er. »Die Burrows kennen sich gut aus mit Edelsteinen, sie handeln damit. Und sie werden in Zukunft mit uns arbeiten. Sie haben super Beziehungen zu ...«

Ich hörte nicht mehr wirklich hin. Dieser ganze Erwachsenenkram interessierte mich nicht, das mit den Geschäften, meine ich. Aber ich fand es unvorstellbar, dass Violas Eltern normale Berufe haben sollten. Violas Mutter zumindest hatte eher wie eine Kräutertante ausgesehen oder eine Wahrsagerin oder so etwas. Und nett fand ich sie wirklich nicht. Wie konnte Papa sie bloß reizend finden? Sahen die Erwachsenen wirklich alles anders als ich?

»Ich fand Violas Mama trotzdem irgendwie seltsam«, wiederholte ich.

»Sie war bestimmt nur besorgt, weil Viola krank ist«, sagte Mama. »Wenn eins von euch Geschwistern krank ist, bin ich auch immer ein bisschen unruhig.«

»Aber sie war so blass, ihre Finger waren eiskalt, und sie hat mich nicht mal für eine Minute reingebeten«, sagte ich.

»Es ist ja auch ein ungemütliches Wetter zurzeit«, sagte Mama unbekümmert. »Da hat man es leicht mal am Kreislauf. Die Burrows kommen aus Florida, da sind sie eben einfach ein ganz anderes Klima gewohnt!«

Aus Florida? Viola und Marshie hatten doch erzählt, dass die Burrows aus Virginia hergezogen waren!
»Viola hat mit ihren Eltern in Virginia gewohnt, in den Blue Ridge Mountains«, sagte ich.
»Wie kommst du denn darauf?«, fragte Papa. »Mr Burrow hat von Tampa gesprochen, das liegt in Florida.«
Die Sache wurde immer mysteriöser.
»Erde an Lucy«, sagte mein Vater. »Vermutest du schon wieder irgendwelche Geheimnisse?« Er lachte.
»Aber es ist doch auch wohl merkwürdig, dass Viola und Marshie etwas anderes erzählen als Violas Eltern!«, sagte ich empört.
»Liebes, vielleicht haben die Burrows schon an verschiedenen Orten gewohnt. So etwas soll vorkommen«, sagte Mama.
Meine Eltern glaubten einfach, was sie glauben wollten. Mit Erwachsenen über solche Dinge zu reden war zwecklos. Wie immer. Ich machte mich also auf in Richtung Küche. Dort gab es jemanden, der meine Theorien zu schätzen wusste!

»Dr. Watson«, begann ich. »Hören Sie genau zu!« Watson schwamm zum Glaskugelrand und schaute mich aus seinen kleinen Augen aufmerksam an. Ich erzählte ihm alles, was ich erlebt hatte. »Cleo ist keine gewöhnliche Katze, so viel ist sicher«, murmelte ich schließlich. Watson ruderte mit den Flossen. Er hatte sie ja schon selbst gesehen, als Viola zu Besuch bei uns war und Cleo auf ihrem Streifzug durch die Küche interessiert ins Goldfischglas gelugt hatte. »Ist Ihnen an Cleopatras Augen etwas ungewöhnlich vorgekommen?«, fragte ich. Keine Luftblasen zu sehen. Watson konnte sich wohl leider nicht daran erinnern. Er war eben doch schon etwas älter. »Ich finde sie jedenfalls äußerst merkwürdig«, redete ich weiter. Ich streute ein wenig Futter ins Goldfischglas und sah Watson beim Fressen zu. »Und dann Mrs Burrow mit ihren kalten Händen ... Viola mit den geheimnisvollen Augen ... Die ganze Familie Burrow ist seltsam.« Watson bewegte sein Maul, und kleine Luftblasen stiegen im Wasser empor. »Was wir bisher wissen, soll ich zusammenfassen?«, fragte ich. »Also. Erstens: Viola ist nie ohne Cleopatra unterwegs. Cleopatra aber ohne Viola schon. Sie hat mich ja vorhin vom Mäuerchen aus beobachtet, als ich auf dem Weg zu den Burrows war. Zweitens: Nachdem Viola und Cleo hier waren, ist Mamas Smaragdring verschwunden. Drittens: Auf unserem Schulausflug hat Viola vorhergesehen, was mit Andrea passieren würde. Viertens: Laut Viola und Marshie haben die Burrows vorher in Virginia gewohnt. Violas Eltern behaupten aber, sie kommen aus Florida. Fünftens: Violas Mutter hat mich nicht zu Viola gelassen. Und sechstens: Marshie sagte, Viola kann keinen Besuch brauchen, ist aber selbst hingegangen. Wir haben also eine ganze Menge auffälliger Dinge! Ich kann nur leider einfach keine Zusammenhänge erkennen. Es ist wie verhext!« Ich seufzte und betrachtete Watson, der gemächlich seine Abendrunden drehte. »Sie haben recht, Watson. Es war ein langer Tag. Vielleicht fällt uns ja morgen etwas ein. Jetzt muss ich auch ins Bett.« Kleine Luftbläschen stiegen auf. »Danke, Watson«, sagte ich. »Ich wünsche Ihnen ebenfalls eine gute Nacht.« Die Luftblasen versiegten, und Watson begann wieder damit, gemächlich seine Runden zu ziehen. Er wusste, dass ich nun etwas Zeit zum Nachdenken brauchte.

Als ich mich in mein Bett kuschelte, dachte ich noch einmal über alles nach, was ich heute erlebt hatte. Mir schwirrte der Kopf von all den ungelösten Rätseln. »Watson«, murmelte ich schläfrig. »Dieser Fall wird die größte Herausforderung unseres Lebens.«

10. Falscher Ruhm für Cleopatra

Als wir Kinder aus der Maple Street uns am nächsten Morgen auf dem Schulweg trafen, kam Owen Cline als Letzter angerannt. Er wedelte mit dem *Stonehill Daily* herum, der Tageszeitung unseres Ortes. »Ihr werdet es nicht glauben!«, rief Owen, als er mit rotem Gesicht und hektisch atmend vor uns stehen blieb. »Da ist ein Bericht über unseren Ausflug und die Rettung von Andrea drin!«

»Echt? Cool! Zeig mal her«, riefen wir durcheinander.

»Ja, aber hört euch bloß mal an, was sie hier für einen Mist schreiben!«, sagte Owen. Er schlug den Artikel auf und las vor, während wir unsere Köpfe über der Zeitung zusammensteckten.

Katze als Lebensretterin

Stonehill, 24. 10. 2013
Eine Katze rettete der elfjährigen Schülerin Andrea B. vergangenen Mittwoch auf einem Schulausflug das Leben. Die Schülerin stand auf den Klippen des Leuchtturmes von Keyne Shore, während ihre Schulkameraden sich mit der Lehrerin auf der Aussichtsplattform aufhielten. Andrea B. ist als umsichtiges Mädchen bekannt und hielt darüber hinaus schon wegen ihrer Höhenangst gebührenden Abstand zum Rand der Klippen. Oben auf der Aussichtsplattform miaute auf einmal die von der neuen Schülerin Viola B. mitgeführte Katze mehrere Male kläglich. Schließlich rannte das Tier die Stufen hinunter und hinaus zu Andrea B., die gerade ihr Pausenbrot aß. Das aufgeregte Tier zerrte an der Hose der Schülerin und zog sie in Richtung Leuchtturm, bis Andrea B. nachgab und der Katze zum Eingang des Leuchtturmes folgte. Nur ein paar Sekunden später brach der Felsvorsprung, auf dem Andrea B.gestanden hatte, ab und stürzte in die Tiefe. Der sechste Sinn der Katze Cleopatra hat Andrea B. das Leben gerettet. Katzen spüren kommendes Unheil viel schneller als Menschen und nehmen selbst feinste Bodenvibrationen lange vor uns wahr. »Ich bin sehr stolz auf Cleopatra«, verriet uns ihre Besitzerin, Viola B. Andrea B.'s Eltern spendeten der Lebensretterin ihrer Tochter eine Jahrespackung feinstes Katzenfutter.

jk

»Was für ein Blödsinn!«, rief Evan Carter empört. »Von wegen, die Katze ist runtergerannt! Mann, was für ein dämlicher Bericht!«
»Ob Andrea das Katzenfutter meinte, als sie von dem tollen Geschenk für Viola gesprochen hat?«, fragte Evan, und wir lachten uns fast tot.
»Meine Mama sagt, was in Zeitungen steht, stimmt sowieso nie«, sagte Annie Clover.
»Tja, da hat sie wohl recht«, meinte Tina Westermann. »Das ist jedenfalls völliger Blödsinn, den die da geschrieben haben!«
Zwar hatte niemand außer mir gesehen, was mit Violas Augen vor sich gegangen war, doch dass Cleo friedlich auf ihrem Arm gesessen hatte, hatten einige mitbekommen.
»Und es ist so was von unfair!«, sagte ich. »Der Journalist darf schreiben, was er will, ob es stimmt oder nicht, aber wenn ich einen Aufsatz schreibe, krieg ich eine Vier, weil ich angeblich zu viel Phantasie habe!«
»Trotzdem ist es cool, dass Viola in der Zeitung steht«, sagte Owen Cline. Evan und Tim grinsten und nickten wie Schafe. Tim sah besonders dämlich dabei aus, er hatte nämlich noch Zahnpasta im Mundwinkel.
Bevor Jenny wieder schlechte Laune bekam, zog ich sie mit mir mit. Wir spielten, dass wir nicht auf die Ritzen zwischen den Gehwegsteinen treten durften, und wenn es doch passierte, musste man zehn Schritte

zurückgehen. Dann bekamen die anderen auch Lust auf das Spiel, und wir vergaßen völlig die Zeit. Am Ende mussten wir rennen, um nicht noch zu spät zur Schule zu kommen.

Als wir endlich in unserer Klasse ankamen, standen die anderen schon alle im Kreis um Viola herum. Auf ihrem Pult lagen ein in buntes Papier gewickeltes Päckchen und ein Umschlag mit ihrem Namen.

»Danke noch mal«, sagte Andrea Baker gerade und umarmte Viola. »Ich hoffe, mein Geschenk gefällt dir!«

»Du hättest mir doch nichts schenken müssen, das war doch selbstverständlich«, sagte Viola. Ihr schien es etwas peinlich zu sein, dass sie so im Mittelpunkt stand.

Viola wickelte das Päckchen aus. Unter dem Geschenkpapier befand sich eine kleine schwarze Schachtel. Cleopatra machte einen Satz und hüpfte geschmeidig aufs Pult. Sie schnupperte an der Schachtel und stupste sie mit ihrer Nase an. Ich guckte genau hin, aber ihre Augen sahen ganz normal aus. Mit Pupille und allem.

Viola hob vorsichtig den Deckel ab. »Oh!«, hauchte sie.

Cleo lugte in die Schachtel und begann zu schnurren.

»Was ist denn drin?«, fragte mich Annie Clover. Sie war die Kleinste von uns und konnte am wenigsten sehen. Ich sah allerdings auch nicht viel mehr als sie, weil alle ihre Hälse reckten. Ich musste mich auf die

Zehenspitzen stellen, um einen Blick in die Schachtel werfen zu können. Viola nahm gerade vorsichtig etwas heraus und hielt es hoch, sodass wir es alle sehen konnten. Es war eine silberne Kette mit einem kleinen Anhänger in Form einer Katze, und als Katzenauge war ein winziger Smaragd eingelassen.

»Die ist aber schön! Vielen, vielen Dank«, sagte Viola. Ihre Stimme zitterte ein bisschen.

Andrea strahlte. »Soll ich dir die Kette umlegen?«, fragte sie eifrig.

Viola nickte. Sie hielt ihre Haare hoch, damit Andrea die Kette schließen konnte. Andrea schaute Viola zufrieden an.

»Der Anhänger steht dir ganz toll«, sagte sie.

»Ja, wirklich«, sagte Tina. »Er passt super zu deinen Haaren.«

Owen Cline und die anderen Jungs glotzten Viola mit offenen Mündern an. Sie sahen nicht sehr intelligent dabei aus. Vor allem Tim mit seinem Zahnpasta-Mundwinkel und dem Glupschaugen-Grinsen. Viola war aber auch wirklich wunderschön: Sie lächelte glücklich, und die langen, schwarz glänzenden Haare bildeten einen hübschen Kontrast zu der silbernen Kette mit dem grün funkelnden Smaragd. Jenny sah Owen von der Seite an und wurde fast genauso grün im Gesicht wie der Smaragd. *Oh nein*, dachte ich. *Nicht schon wieder!*

Zum Glück kam Marshie gerade in die Klasse. Und heute hatte sie noch jemanden im Schlepptau: Unseren Direktor, Mr O'Neill. »Meine Damen und Herren«, rief Marshie. »Schluss mit der Versammlung, alle hinsetzen!«

Wir wuselten durcheinander und hatten es eilig, auf unsere Plätze zu kommen. Es kam selten vor, dass der Direktor unsere Klasse besuchte. Eigentlich nie. Ich fragte mich, warum er heute mitgekommen war.

Mr O'Neill balancierte eine riesige Pappschachtel zu Marshies Pult und stellte sie vorsichtig ab. Dann strich er sich über seinen roten Haarschopf, der immer etwas unordentlich aussah, und sah Marshie Hilfe suchend an. Mr O'Neill war kein großer Redner, und man merkte, dass er jetzt viel lieber in seinem Kämmerchen am Schreibtisch gesessen hätte.

»Wie ihr seht, haben wir heute Besuch von Mr O'Neill persönlich«, sagte Marshie. »Er möchte euch gerne etwas sagen, vor allem Viola Burrow!«

Mr O'Neill sah sich suchend in der Klasse um, bis er Viola entdeckt hatte. Er räusperte sich.

»Liebe Viola«, begann er. »Wir möchten dir ganz herzlich für die Rettung von Andrea Baker danken. Wir wollen uns gar nicht ausmalen, was ohne dich geschehen wäre!«

Viola wurde rot und spielte an ihrem Anhänger herum.

»Wir sind alle sehr stolz auf dich, und ich möchte dir im Namen von allen Lehrern ein kleines Dankeschön überreichen.« Er begann, an der Pappschachtel herumzunesteln. Er war nicht sehr geschickt, und es dauerte etwas, bis er den Deckel abgehoben hatte. Ein riesiger Schokoladenkuchen, der über und über mit bunten Streuseln und Pralinen verziert war, kam zum Vorschein.

»Äh, ja …«, stotterte Mr O'Neill. »Wie ich schon sagte, Viola Burrow, wir sind alle sehr stolz auf dich!« Er trug die Schachtel mit dem Kuchen zu Viola und stellte sie vorsichtig vor ihr ab.

»Danke schön«, sagte Viola schüchtern.

»Nein, nein«, sagte Mr O'Neill. »*WIR* müssen uns bedanken. Wir wollen uns gar nicht ausmalen, was ohne dich geschehen wäre!« Das hatte er jetzt schon zum zweiten Mal gesagt. Der Ärmste! Er musste wirklich ganz schön aufgeregt sein. Mr O'Neill sah sich suchend in der Klasse um. »Andrea Baker?«, fragte er.

»Ja-ha?«, hauchte Andrea. Ihr Kopf glühte. Wahrscheinlich war sie ganz aus dem Häuschen, dass der Direktor höchstpersönlich mit ihr sprach.

Mr O'Neill ging zu Andreas Pult und schüttelte ihr die Hand.

»Wir sind sehr froh, dass du gesund und munter hier sitzt«, sagte er. »Der Kuchen ist selbstverständlich auch für dich!«

»Nee«, brüllte Evan Carter von hinten. »Der ist groß genug für uns alle!«
»Sogar noch größer als deine Klappe!«, rief Jeannie Pitts.
Alle lachten, selbst der Direktor. Nur Marshie fand das nicht lustig. Sie war bestimmt sauer, dass wir uns nicht direktortauglich benahmen.
Viola stand auf. »Danke schön«, sagte sie noch einmal. »Aber das war doch selbstverständlich. Jeder hätte Andrea geholfen, wenn er so eine Fähig…«
Marshie räusperte sich, und Viola verstummte. Marshie war ganz blass im Gesicht und schaute Viola erschrocken an. Viola sah genauso erschrocken aus und hielt sich die Hand vor den Mund.
»… wenn er so eine *fähige* Katze hätte wie Cleo«, sagte Marshie. »Das wolltest du doch sagen, Darling, nicht wahr?« Sie schnappte die Tüte, die auf ihrem Pult lag, ging auf Viola zu und sah ihr durchdringend in die Augen.
»Ähm, j-ja sicher, genau«, sagte Viola mit gepresster Stimme. Sie konnte Marshies Blick nicht standhalten und sah nach unten auf ihre Füße.
Marshie schaute in unsere fragenden Gesichter. »Ihr wundert euch sicher, wieso Cleopatra ahnte, dass die Klippen abbrechen würden, nicht wahr? Aber es gibt eine ganz einfache Erklärung dafür. Es ist nämlich so: Viele Tiere spüren Unglücke im Voraus. Manchmal

sind sie sogar schon ein paar Tage vor großen Katastrophen unruhig. Das ist ein ganz häufig anzutreffendes Phänomen, besonders bei Katzen. Also ist Cleopatra eigentlich die wahre Lebensretterin, und deshalb habe ich auch etwas für sie dabei!« Marshie griff in die Tüte, holte zwei Riesenpackungen Katzenfutter heraus und beugte sich zu Cleo hinunter, die wie immer zu Violas Füßen lag.

»Cleopatra Nosferata Diavola«, sagte Marshie, »das hast du dir mehr als verdient!«

Cleo sah ziemlich unbeeindruckt aus. Viola hingegen war blass und hatte rote Flecken auf den Wangen.

»Nun, Viola«, sagte Marshie. Sie beugte sich so weit hinunter, dass ihre Nasenspitze fast mit Violas zusammenstieß. »Du bist bestimmt sehr stolz auf Cleo, nicht wahr?«

»Ja, Mrs Hersham«, sagte Viola mit zittriger Stimme. »Sehen Sie nur, Andrea hat mir diese Kette hier geschenkt.« Viola hob den Anhänger an. Marshie kniff die Augen zusammen und betrachtete die Kette.

»Hübsch, sehr hübsch«, sagte sie. »Da hast du wirklich ein gutes Geschenk ausgesucht, Andrea. Und sehr passend. Aber wie ich schon sagte, die eigentliche Lebensretterin ist Cleopatra.« Marshie richtete sich wieder auf und ging zurück nach vorn.

Andrea platzte fast vor Stolz. »Den Anhänger hat meine Mama selbst gemacht!«, sagte sie eifrig. Ihre

Mutter war Goldschmiedin, wie viele hier in Stonehill.
»Prima, Baker, das ist ganz prima«, sagte Marshie. Sie wühlte in ihrer Schultasche und förderte eine DVD zutage. »Ich habe euch einen Film mitgebracht über Tiere, die Vorahnungen haben. Wollt ihr ihn sehen?« Sie wedelte mit der DVD vor unseren Nasen herum.
Natürlich wollten wir das. Wir hätten uns sogar einen Film über eine Schnecke angesehen, die in Zeitlupe durchs Gras kriecht. Alles war besser als gewöhnlicher Unterricht. Und das mit den Tieren, die Unglücke vorausahnten, hörte sich zudem noch richtig spannend an.
»Wir könnten doch dabei den Kuchen essen!«, schlug Jimmy Woods vor.
»Gute Idee«, sagte Marshie. »Carter mit der großen Klappe holt das Messer zum Anschneiden, und die neunmalkluge Pitts bringt die Teller, aber dalli!«
Der Direktor hatte wohl sehnsüchtig auf diese Gelegenheit gewartet und stand schon halb in der Tür. Er verabschiedete sich schnell und verschwand.
Dann sahen wir uns den Film an, den Marshie mitgebracht hatte. Er war wirklich spannend. Ein Mann berichtete, dass es nachts in seinem Haus gebrannt hatte und seine Katze von Zimmer zu Zimmer gelaufen war und alle Familienmitglieder so lange mit den Pfoten angestupst und miaut hatte, bis alle wach wa-

ren und sich ins Freie retten konnten. Und eine Frau erzählte, dass einmal irgendwo ein Haufen Kröten aus ihren Teichen gekrochen und panisch rumgelaufen waren, und ein paar Tage später lag die ganze Stadt in Schutt und Asche, weil es ein Erdbeben gegeben hatte.
»Seht ihr«, sagte Marshie, als der Abspann lief. »So war es auch mit Cleo, nicht wahr?« Sie sah Viola an.
Viola blickte stumm auf ihr Pult und nickte.
Es stimmte wohl tatsächlich, dass Tiere Unglücke im Voraus spüren konnten. Aber die Sache mit Violas Vorahnung war etwas ganz anderes gewesen! Dabei hatte Cleo überhaupt keine Rolle gespielt. Es war *Viola* gewesen, die es vorausgesehen hatte, und nicht ihre Katze! Ich hatte schließlich direkt neben ihr gestanden und gesehen, wie sich ihre Augen verändert hatten. Konnte Viola vielleicht wirklich hellsehen? Darauf ließ zumindest das mit ihren Augen schließen. Es hieß ja nicht umsonst »etwas voraus*sehen*«, »hell*sehen*« und »in die Zukunft *sehen*« und so weiter.
Und irgendwie schien Marshie etwas zu wissen, was sie nicht aussprach. Sie hatte Viola vorhin mitten im Satz unterbrochen und schien viel Wert darauf zu legen, Cleo als die wahre Lebensretterin darzustellen. Dabei hatte das bisher niemand angezweifelt. Außer mir hatte ja niemand gesehen, was mit Violas Augen geschehen war, da war ich mir hundertprozentig si-

cher. Auch Marshie hatte viel zu weit weg gestanden. Und ich hatte auch niemandem davon erzählt. Warum betonte Marshie also etwas, das niemand anzweifelte? Wer hatte dem Journalisten die falsche Geschichte untergeschoben? Mir schwirrte der Kopf. Irgendwie kam ich bei der Sache allein nicht weiter. Ich musste mich unbedingt am Nachmittag mit Watson unterhalten!

»Watson«, sagte ich. »Sie sind ein exzellenter Zuhörer!« Watson sah das genauso, denn er schwamm weiter in seinem Glas herum und hörte zu, ohne mich zu unterbrechen. Ich hatte gerade laut darüber nachgedacht, was Viola vorhin eigentlich hatte sagen wollen, als Marshie ihr ins Wort gefallen war. Und wie immer, wenn ich mit Watson sprach, war mir dabei ein genialer Einfall gekommen. »Also, Watson, es ist so gewesen: Viola hat gesagt, es sei selbstverständlich, dass sie Andrea geholfen hat, und dass das jeder getan hätte, wenn er so eine Fähig... Und nun Achtung, Watson, ich vervollständige den Satz: ... so eine *FÄHIGKEIT* hätte!« Watson wedelte mit der Schwanzflosse. Das bedeutete, dass er von meiner Theorie überzeugt war. »Aber was für eine Fähigkeit?«, murmelte ich vor mich hin. »Kann sie wirklich hellsehen? So richtig?«
Watson hielt es für möglich. Watson hielt alles für möglich. Das war einer der Gründe, warum wir uns so gut verstanden.

11. Ich bekomme Verstärkung

»Was faselst du da? Wer kann hellsehen?« Jeremy tauchte plötzlich wie aus dem Nichts neben mir auf und sah mich an, als ob ich nicht mehr alle Tassen im Schrank hätte. Aber das war ich ja schon von meinen Eltern gewohnt.
»Niemand«, sagte ich. »Gar niemand.«
Jeremy war, genau wie die Erwachsenen, allem gegenüber misstrauisch, was er nicht verstand. Er glaubte nur an Dinge, die man messen, zählen oder anfassen konnte.
»Du weißt aber schon, dass Watson ein GOLDFISCH ist und kein MENSCH, oder?«, fragte er.
»Stell dir vor, das weiß ich tatsächlich!«, antwortete ich giftig. »Kümmere dich lieber um deinen eigenen Kram!«
Ich stolzierte hoch erhobenen Hauptes aus der Küche. Jeremy brauchte nicht zu merken, dass es mir doch ein bisschen peinlich war, dass er mich mit Watson hatte reden hören.

Ich beschloss, Tina anzurufen. Mit ihr konnte man immer vernünftig reden, und sie war ohnehin schon supergespannt, was ich ihr wohl über Viola erzählen wollte. Gestern Abend war es zu spät geworden, und heute Morgen in der Schule hatte es keine gute Gelegenheit gegeben. Ich wollte nicht riskieren, dass uns irgendwer belauschte.

Ich stand gerade im Flur und war dabei, den Hörer abzuheben, um ihn mit in mein Zimmer zu nehmen, als es an der Haustür klingelte. Durch das kleine Glasfenster in der Tür konnte ich Tinas lange blonde Haare sehen, die aus ihrer herbstahornblattorangen Kapuze lugten. So langsam glaubte ich, dass ich wirklich den sechsten Sinn hatte. Komisch, das war mir früher nie aufgefallen.

»Hi«, sagte Tina atemlos, als ich öffnete. Sie war wohl hergelaufen. »Ich hab's nicht mehr ausgehalten! Was wolltest du mir gestern erzählen?« Ihre Augen glänzten vor Aufregung hinter der silbernen Brille.

So ganz schien mein sechster Sinn doch nicht zu funktionieren, denn hinter Tina tauchte Jenny auf. Damit hatte ich nicht gerechnet, aber ich war dann doch ganz froh darüber. Jenny war zwar im Moment nicht so gut auf Viola zu sprechen, aber irgendwie wäre ich mir wohl etwas schäbig vorgekommen, meine Cousine und beste Freundin nicht einzuweihen.

Sicherheitshalber nahm ich Watson mit in mein Zimmer. Ich wollte zwar nicht vor Tina und Jenny mit ihm sprechen, aber das war auch nicht unbedingt nötig. Es inspirierte mich schon, ihm dabei zuzusehen, wie er seine Runden im Wasser zog.

Wir machten es uns also in meinem Zimmer gemütlich, und ich erzählte Tina und Jenny die ganze Geschichte. Davon, dass Viola nie etwas von sich preisgab. Was mit ihren Augen passiert war, als wir auf der Aussichtsplattform gestanden hatten. Das, was meine Mutter über den sechsten Sinn gesagt hatte. Von meinem Besuch bei den Burrows. Wie Cleo mich beobachtet hatte und dass ich in Marshie reingelaufen war, die dann selbst zu den Burrows gegangen und nicht mehr herausgekommen war. Und natürlich von Violas Mutter und dem, was meine Eltern über die Burrows gesagt hatten. Ich erzählte alles am Stück, weil ich selbst so lange darauf gewartet hatte, es endlich loszuwerden.

Tina und Jenny hörten mir gebannt zu und unterbrachen mich kein einziges Mal, von einigen »Was?« und »Echt?« abgesehen. Ihre Augen wurden immer größer, und Tinas Mund stand offen.

»Tja«, sagte ich, als ich geendet hatte. »Jetzt wisst ihr Bescheid.«

»Oh Mann«, sagte Tina. »Oh Mann.«

»Und das erzählst du uns erst *JETZT*?«, rief Jenny. Sie klang schon wieder beleidigt.

»Na ja«, sagte ich schulterzuckend. »Ich weiß ja, dass du Viola blöd findest. Und du warst echt fies zu ihr. Ich wollte nicht, dass sie sich noch einsamer fühlt.«
Jenny sah verlegen zur Seite. »Stimmt«, sagte sie. »Tut mir leid. Ich hab's nicht so gemeint.«
Ich war froh, dass sie sich wieder eingekriegt hatte. »Schon okay«, sagte ich großzügig und schaute die beiden gespannt an. »Und? Was haltet ihr jetzt von alldem?«
»Ich *fasse* es nicht!«, sagte Jenny. »Ich hab ja gleich gesagt, dass mit Viola was nicht stimmt. Aber dass sie wirklich hellsehen kann, hätte ich nie gedacht!«
»Ich find's irgendwie spannend«, sagte Tina. Sie zupfte aufgeregt an einem Wollfaden, der aus ihrem selbst gestrickten Pullover hing. »So was passiert doch sonst nur in Büchern, und jetzt geschieht so was ausgerechnet bei uns in Stonehill! Im langweiligsten Kaff der Welt! Das ist der Hammer!«
»Aber das mit den Augen ist megaunheimlich«, sagte Jenny. »Bist du dir ganz sicher, dass du dich nicht getäuscht hast?«
»Na ja«, gab ich zu. »Es klingt schon ziemlich abgefahren, oder? Aber ich bilde mir so was doch nicht ein.«
»Ja, nur ... Wie soll denn das gehen?«, fragte sie. »Ich meine, Pupillen verschwinden doch nicht einfach so?«

»Pupillen verändern ihre Größe, je nachdem, wie viel Licht ins Auge fällt«, sagte Tina fachmännisch. Sie kannte sich ein bisschen damit aus, weil sie ja eine Brille hatte und schon oft beim Augenarzt gewesen war. »Bei wenig Licht sind die Pupillen sehr groß, damit man im Dunkeln besser sehen kann. Und wenn viel Licht ins Auge fällt, werden die Pupillen ganz klein. Zum Beispiel, wenn man in die Sonne guckt oder so.«

»Aber in Violas Augen waren *überhaupt keine* Pupillen mehr«, sagte ich. »*Gar* keine. Ich hab mich garantiert nicht versehen. Außerdem hat an dem Tag nicht mal ein bisschen Sonne geschienen, es war ganz trüb. Daran kann es also nicht gelegen haben.«

Wir überlegten, ob wir Viola einfach direkt fragen sollten, was es mit ihren und Cleos Augen auf sich hatte, aber die Idee verwarfen wir gleich wieder. Viola würde uns sowieso nichts darüber verraten, und stattdessen wäre sie noch vorsichtiger und zurückhaltender, als sie es ohnehin schon war. Und dann wäre es noch schwerer, sie näher kennenzulernen und etwas über ihr Geheimnis herauszufinden.

»Hm ...«, überlegte Tina. »Wir könnten ja mal im Internet schauen, ob wir da was über Augen ohne Pupillen finden?«

»Da muss ich erst meine Eltern fragen«, sagte ich. Ich hatte keinen eigenen Computer und musste sie immer erst fragen, wenn ich ihren benutzen wollte. Aber sie hatten normalerweise nie etwas dagegen, auch heute nicht.

Wir gaben »Augen ohne Pupillen« bei einer Suchmaschine ein, und es kamen tatsächlich ein paar Treffer: Es existierte eine Krankheit mit dem Namen *Akorie*. Wenn man das hatte, fehlten die Pupillen in den Augen. Aber das konnte auf Viola nicht zutreffen, denn Menschen mit Akorie sind blind, und vor allem fehlt die Pupille dann immer und nicht nur manchmal.

»Wir könnten zu meinem Augenarzt gehen und ihn fragen, ob es Ausnahmen gibt«, schlug Tina vor. »Ich muss da sowieso wieder hin, hat Mama gesagt, weil einmal im Jahr die Sehstärke überprüft wird. Wir können doch einfach zusammen zu Dr. Jacoby gehen und fragen, was es bedeutet, wenn Augen keine Pupillen haben und in allen Farben leuchten und sich rasend schnell drehen!«

Jetzt, wo ich es aus Tinas Mund hörte, merkte ich, wie verrückt das alles klang.

»Was, wenn Dr. Jacoby uns für verrückt hält und uns auslacht?«, fragte ich. »Oder noch schlimmer, was, wenn er Viola für einen einzigartigen Fall hält und sie zu sich in die Praxis bestellen will, um sie zu untersuchen?«

»Wir erzählen einfach gar nichts von Viola«, meinte Jenny. »Wir sagen, es geht um eine Geschichte für ein

Schulprojekt. So was finden Erwachsene doch immer toll.«
Das klang nach einer guten Lösung, und wir beschlossen, gleich am nächsten Tag nach der Schule zu Dr. Jacoby zu gehen.

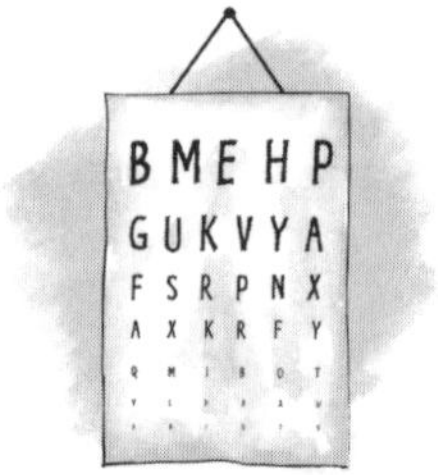

12. Sprechstunde bei Dr. Jacoby

»Ihr wollt alle drei zum Herrn Doktor?«, fragte Mrs Tree, die Sprechstundenhilfe. Sie sah Tina, Jenny und mich entgeistert an.

»Ja«, sagte Tina. »Allein trau ich mich nicht rein.«

»Ach so«, sagte Mrs Tree nun etwas freundlicher. »Aber du warst doch schon öfter hier? Und du hast gar keinen Termin, oder?« Sie guckte fragend auf ihren Computerbildschirm.

»Ähm, nein, also, ja«, stotterte Tina. »Ich habe keinen Termin, weil, also ... weil mein rechtes Auge gerade eben erst angefangen hat wehzutun.« Tina wurde etwas rot.

»Ach so«, sagte Mrs Tree wieder. »Nehmt noch ein bisschen im Wartezimmer Platz, ja? Ich rufe euch dann.«

Wir gingen also ins Wartezimmer. Es war hell und gemütlich eingerichtet. Außer uns waren noch zwei Männer dort, die nebeneinandersaßen. Der eine schien recht alt zu sein: Er hatte weiße Haare und viele

Falten, die sein Gesicht wie Furchen durchzogen. Seine Augen sahen trüb aus. Der andere Mann hatte schwarze Haare, trug einen schwarzen Schnurrbart und sah uns neugierig an, als wir hereinkamen. Mir fielen sofort seine Augen auf, denn sie waren strahlend blau, so blau wie Saphire.

»Vater«, sagte der Mann mit den saphirblauen Augen zu dem alten Herrn, »gerade sind drei Kinder hereingekommen.« Vermutlich sah der alte Mann tatsächlich nicht mehr viel und war auf die Beschreibung seines Sohnes angewiesen. Das tat mir sehr leid. Es musste schlimm sein, wenn man gar nichts mehr sehen konnte.

Aber der alte Mann lächelte und sagte mit heiserer Stimme: »Ja, ja, das habe ich schon gemerkt.«

Ich fragte mich, woran er gemerkt haben konnte, dass wir zu dritt und Kinder waren. Der andere Mann hatte mir meine Überlegungen wohl angesehen, denn er erklärte freundlich: »Mein Vater sieht schon noch etwas, aber eben nicht mehr so gut. Ich erkläre ihm lieber zu viel als zu wenig.«

»Ja, ja«, sagte der alte Mann wieder. »Du redest den ganzen lieben langen Tag!« Er lachte leise. Irgendwie kam mir seine Stimme bekannt vor, aber ich wusste nicht, wo ich sie schon einmal gehört haben könnte.

Dann kam Mrs Tree herein. »So, Mr Burrow«, sagte sie. »Dr. Jacoby erwartet Sie jetzt.«

AUGEN
Bitte Türe schließen! Vielen Dank
Ihr Praxis Team
STADTFEST IN STONEHILL
AUGEN
EDELSTEINE

Mr Burrow? Ich hielt die Luft an. Waren das etwa Violas Vater und Großvater? Plötzlich fiel es mir wie Schuppen von den Augen. Natürlich, jetzt hatte ich wieder die krächzende Stimme im Kopf, die »Deborah« gerufen hatte, als ich mit Mrs Burrow auf der Veranda gestanden hatte!
Der Mann mit den saphirblauen Augen stand auf und ging zur Tür. »Ich bin gleich zurück, Vater«, sagte er und folgte Mrs Tree Richtung Sprechzimmer.
»Was haben Sie denn an den Augen?«, fragte Jenny den alten Herrn.
Ich hätte mich nie getraut, so etwas zu fragen, aber der alte Mr Burrow antwortete ganz freundlich: »Grauer Star, Darling, grauer Star. Man sieht mit der Zeit immer weniger.«
»Oh«, sagte Jenny. »Das tut mir leid.«
»So schlimm ist das gar nicht«, sagte der alte Mr Burrow. »Man kann es heutzutage operieren.«
Irgendwo ging eine Tür auf. »Nun, Mr Burrow«, hörten wir jemanden sagen. Es war wohl Dr. Jacoby. »Ich hoffe, ich konnte Ihnen weiterhelfen!«
»Ja, das konnten Sie. Vielen Dank«, antwortete Violas Vater und kam gleich darauf ins Wartezimmer.
»So, Vater«, sagte er und nahm zwei Mäntel vom Garderobenständer. »Wir können nach Hause gehen.«
Der alte Herr zwinkerte Tina, Jenny und mir mit sei-

nen trüben Augen zu, als er am Arm seines Sohnes aufstand.
»Auf Wiedersehen, die reizenden kleinen Damen«, sagte Violas Vater und nickte in unsere Richtung.
»Ebenso!«, sagte der alte Herr.
Beide verneigten sich theatralisch vor uns.
Im Gang verabschiedeten sie sich noch von Mrs Tree, dann hörte man die Tür zufallen.
»Das waren Violas Papa und Opa!«, platzte Tina heraus.
»Ja, und irgendwas haben wohl alle Burrows mit den Augen«, sagte Jenny.
»Ich habe noch nie im Leben so blaue Augen gesehen wie die von Violas Vater«, sagte ich. »Wahnsinn! Genauso blau wie echte Saphire!« Die leuchtend blauen Saphire waren meine Lieblingsedelsteine.
»So, wen haben wir denn hier?« Dr. Jacoby kam herein und lächelte freundlich. »Tina Westermann und Freundinnen, habe ich gehört? Kommt mit, jetzt habe ich Zeit für euch!«
Dr. Jacoby hatte einen Bart und trug selbst eine Brille. Unter seinem offenen weißen Kittel blitzte ein buntes Hawaiihemd hervor. Er wirkte sehr nett und sah trotz des Kittels gar nicht nach Augenarzt aus. Im Sprechzimmer setzte Tina sich auf einen Stuhl, und Dr. Jacoby nahm ihr gegenüber Platz.
»Ihr beide müsst leider stehen«, sagte er zu Jenny und

mir. »Aber in eurem Alter macht das ja noch nichts aus.« Dann sah er Tina aufmerksam an. »Und was kann ich nun für dich tun?«
»Äh, ja«, sagte Tina. »Mein rechtes Auge juckt seit vorhin.«
»Dann wollen wir mal sehen«, sagte Dr. Jacoby und nahm eine Lupe. Er schaute gründlich in Tinas Auge und sagte: »Hm, ich kann nichts feststellen. Schau mal bitte durch dieses Gerät hier!« Er zog eine riesige Apparatur heran, und Tina musste ihr Kinn auf einer Vorrichtung abstützen und durch ein kleines Rohr sehen, das aus dem Apparat herausragte. Dr. Jacoby machte ein Lämpchen an und schaute noch einmal sehr gründlich durch das Rohr nach. »Du kannst dich wieder normal hinsetzen«, sagte er schließlich und schob das Gerät zurück. Dann rollte er mit seinem Stuhl zu seinem Schreibtisch. »Also«, sagte er. »Ich kann nichts Ungewöhnliches feststellen. Das Jucken ist wahrscheinlich nur eine Reaktion auf die trockene Heizungsluft. So was ist im Winter recht häufig. Ich schreibe dir ein paar Tropfen auf. Wenn du sie ab und an ins Auge träufelst, bleibt es feucht, und dann solltest du keine Beschwerden mehr haben.« Er nickte freundlich und begann, etwas auf einen Rezeptblock zu kritzeln.
Tina sah Jenny und mich an. Wir bedeuteten ihr, dass sie jetzt die Fragen stellen musste, wegen denen wir hergekommen waren.

»Dr. Jacoby«, sagte Tina. »Ich wollte Sie noch etwas fragen.«
»Natürlich, Tina, schieß los«, sagte Dr. Jacoby.
»Also, ich wollte wissen, ob es Augen gibt, die ab und zu keine Pupillen haben.«
Dr. Jacoby sah überrascht auf. »Ab und zu keine Pupillen? Nein, das gibt es nicht. Ganz selten kommt es vor, dass Menschen von Geburt an oder nach einem Unfall keine Pupillen haben, aber mal ja und mal nein, das gibt es nicht. Wie kommst du denn darauf?«
»Und Augen, die die Farbe wechseln?«, fiel Jenny ein.
»Die Farbe wechseln? Nun, auch das gibt es eigentlich nicht«, antwortete Dr. Jacoby. »Die Augenfarbe ist bei jedem Menschen genetisch festgelegt und unveränderlich. Aber bei Babys kommt es oft vor, dass sie anfangs blaue Augen haben und die eigentliche Farbe erst nach ein paar Monaten hervorkommt.«
»Das meinen wir nicht«, sagte ich. »Eher bei Kindern in unserem Alter.«
Dr. Jacoby überlegte. »Also, je nachdem wie der Lichteinfall auf das Auge ist, können sie unterschiedlich wirken. Wenn man zum Beispiel am Meer ist und es sich in den Augen reflektiert, wirken sie blauer als sonst. Weshalb wollt ihr das denn wissen?«
»Aber Augen, die grün sind und auf einmal lila und rot und blau und golden schimmern und sich drehen und keine Pupillen haben, die gibt es nicht?«, fragte

ich. In dem Moment, als ich es aussprach, merkte ich, wie verrückt sich diese Frage anhörte. Aber wir mussten auf Nummer sicher gehen.

Dr. Jacoby lachte laut auf, aber es war ein freundliches Lachen. »Nein, solche Augen gibt es garantiert nicht«, sagte er. »Ich meine, wenn man so etwas trägt wie ich« – er deutete auf sein in allen Farben schimmerndes Hawaiihemd –, »kann es natürlich vorkommen, dass sich viele verschiedene Farben in den Augen widerspiegeln, aber außer mir trägt bestimmt keiner so ein Ding freiwillig!« Er lachte immer noch. »Weshalb fragt ihr eigentlich?«

Jetzt war ich richtig erleichtert. Dr. Jacoby schien wirklich nett zu sein, und ich glaubte auch nicht mehr, dass er uns für verrückt halten würde. Er schien viel Humor zu haben.

»Es ist für ein Schulprojekt«, sagte ich. »Wir sollen eine phantastische Geschichte schreiben.«

»Ja, und wir wollen über ein Mädchen mit außergewöhnlichen Augen schreiben, mit denen sie hellsehen kann!«, sagte Tina.

»Ach so«, sagte Dr. Jacoby. »Da kann ich euch als Augenarzt nicht weiterhelfen. Das ist ja schon richtige Zauberei. Geht doch mal in die Stadtbibliothek. Ich meine, da gibt es eine Ecke mit unheimlichen Geschichten und Sagen und so etwas. Vielleicht findet ihr da ein paar Anregungen.«

Innerlich schlug ich mir an den Kopf. Natürlich, die Stadtbibliothek! Dort gab es eine ganze Menge Bücher über alle möglichen Themen. Darauf hätten wir wirklich selbst kommen können.
»Danke für den Tipp, Dr. Jacoby«, sagte ich.
»Ihr seid großartig«, sagte er lachend. »Ich würde zu gern eure Geschichte lesen, wenn sie fertig ist!«
»Wir bringen sie ihnen vorbei«, sagte ich. »Versprochen!«
»Das ist gut«, sagte Dr. Jacoby und stand auf. »Und schreibt mir eine Widmung rein, ja?« Er zwinkerte uns zu. »Ich muss jetzt weiterarbeiten. Falls jemand da ist, der sich richtig behandeln lassen will. Ihr seid schon die Zweiten, die heute nur zum Fragen hergekommen sind.«
Tina wurde rot. Dr. Jacoby hatte den wahren Grund unseres Besuchs offensichtlich durchschaut. Aber er schien überhaupt nicht böse zu sein. »Wenn ihr noch mehr Fragen habt, ruft mich einfach an, okay? Das geht einfacher, als extra herzukommen.« Er gab uns allen die Hand.
»Auf Wiedersehen«, sagten wir, »und vielen Dank!«
»Gern geschehen«, sagte Dr. Jacoby. »Und vergesst bloß nicht, mir eure Phantasiegeschichte zu geben. Sie wird bestimmt sehr lesenswert sein!«
»So«, sagte Tina, als wir wieder auf der Straße standen, und wirbelte mit den Füßen ein paar goldbraune

Ahornblätter vom Gehsteig auf. »Jetzt müssen wir wirklich eine Geschichte schreiben. Wir haben Dr. Jacoby versprochen, dass er sie lesen darf!«
»Kein Problem«, sagte ich. »Das mache ich gern.« Ich hatte es zwar noch niemandem erzählt, aber ich will vielleicht mal Schriftstellerin werden.
An jenem Tag wusste ich noch nicht, dass ich über das Geheimnis der Burrows tatsächlich einmal sogar ein ganzes Buch schreiben würde!

13. Das Mädchen aus den Blue Ridge Mountains und der Clan der magischen Augen

Die öffentliche Bibliothek ist eines der ältesten Gebäude von Stonehill. Der erste Bürgermeister unseres Ortes war anscheinend eine ziemliche Leseratte gewesen, denn er hatte vor über zweihundert Jahren dafür gesorgt, dass es überhaupt eine Bibliothek gab. So was war wohl damals nicht selbstverständlich, hatte Marshie mal erklärt.

Es gab in der Bibliothek zwar nicht so furchtbar viele Kinderbücher, und die meisten hatte ich schon gelesen, aber heute waren wir ja auch nicht deswegen hier, sondern um irgendetwas über magische Augen zu finden.

»Wie kann ich euch helfen, meine Lieben?«, fragte Mrs Newman, die Bibliothekarin, freundlich, als Jenny, Tina und ich am Ausleihtresen standen.

»Wir suchen etwas über Augen«, sagte ich.
»Augen?«, wiederholte Mrs Newman und sah uns fragend an.
»Na ja«, druckste ich herum. »Wir wollen einen Schulaufsatz schreiben über ein Mädchen, das magische Augen hat und damit in die Zukunft sehen kann. Vielleicht gibt es so was ja schon. Also, irgendwas, wo wir uns Anregungen holen können oder so.«
»Ach so«, sagte Mrs Newman. »Na, ob ich so etwas Spezielles habe, weiß ich nicht. Aber bei den Kinderbüchern gibt es eine Serie über Hexen. Schaut doch dahinten im Regal mal nach!«
Die Hexenbücher kannte ich schon. Das waren nur Geschichten für kleine Kinder, und mit magischen Augen hatte das auch nichts zu tun.
Ich erinnerte mich an Dr. Jacobys Worte.
»Haben Sie vielleicht Bücher mit Sagen?«, fragte ich.
»Ja, natürlich«, erwiderte Mrs Newman. »Gleich da vorn gibt es ein paar Bücher mit Sagen aus aller Welt. Und sogar welche mit Sagen hier aus der Gegend. Ich schließe allerdings gleich. Wenn ihr mögt, nehmt die Bücher mit, die euch interessieren.«
Und das taten wir dann auch.

Eine halbe Stunde später machten wir es uns in Jennys Zimmer gemütlich. Wie bei uns allen aus der Maple Street, steht auch bei Jenny im Garten ein riesiger Ahornbaum, der jetzt im Winter nur noch wenige Blätter trug. Es hatte was Schaurig-Schönes, im Dämmerlicht bei einer kleinen Leseleuchte auf Jennys Bett zu sitzen, während die Schatten der Zweige, durch die das Mondlicht schien, auf den Wänden tanzten.

Ich versank in den Geschichten der Sagenbücher. Zuerst überflog ich das Inhaltsverzeichnis und suchte mir dann die Geschichten heraus, die am vielversprechendsten klangen.

Da gab es zum Beispiel eine Sage aus einem Nachbarort, in der es um Gnome ging, die in hohlen Ahornbäumen lebten und die einem eine Frage nach der Zukunft beantworteten, wenn man dreimal an den Stamm klopfte und das Geheimwort kannte. Das hatte zwar nichts mit magischen Augen zu tun, aber es war ziemlich spannend, und erst hörte ich gar nicht richtig hin, als Jenny meinen Namen rief.

Doch dann rüttelten Tina und Jenny mich gleichzeitig.

»Lucy, hier!« Jenny hielt mir *Das kleine Buch der Sagen aus den Bergen* unter die Nase und fuchtelte damit herum.

»Ich hab nur den ersten Abschnitt gelesen«, sagte Jenny aufgeregt. »Aber hört euch das an!«

Sie las vor:

Das Mädchen aus den Blue Ridge Mountains

Im Norden der Blue Ridge Mountains verlief sich Anfang des 19. Jahrhunderts ein Mädchen. Nachdem es stundenlang im Wald herumgeirrt war und schließlich die Orientierung gänzlich verloren hatte, begegnete ihm eine junge Frau in Begleitung einer Eule. Auf Nachfragen der jungen Frau berichtete das Mädchen unter Tränen, dass es sich verlaufen habe und nicht wisse, wo sein Heimatdorf liege. Die junge Frau begann, in einer fremden Sprache mit der Eule auf ihrer Schulter zu sprechen. Die Eule verschwand daraufhin, und die Augen der jungen Frau fingen an, sich im Kreis zu drehen, und schillerten in allen Farben des Regenbogens. Das Mädchen bekam es mit der Angst und wähnte sich einer Hexe gegenüber, aber die Beine waren ihm so schwer, das es nicht wegzulaufen vermochte. Nach kurzer Zeit normalisierten sich die Augen der Frau, und sie wies dem Mädchen mit Bestimmtheit die Richtung, in der sein Dorf läge. Das Mädchen schlug die angegebene Richtung ein und erreichte nach zweistündigem Fußweg wohlbehalten sein Heimatdorf. Es gab an, die ganze Zeit von der Eule begleitet worden zu sein, die über den Baumwipfeln ab und an zu sehen gewesen sei.
Die junge Frau war im Dorf nicht bekannt und wurde nie wieder von einem Dorfbewohner gesehen.

»Und dann gibt es noch die hier«, sagte Jenny und las weiter vor:

Der Clan der magischen Augen

Knapp achtzig Jahre nach dem Vorfall in den Blue Ridge Mountains machte die Sage von einem Clan die Runde im ehemaligen Heimatdorf des Mädchens, das mittlerweile als alte Frau verstorben war. Der Clan sollte angeblich aus zwei Dutzend Menschen beiderlei Geschlechts bestehen und ebenso vielen Tieren. Sie alle sollten ungewöhnliche Augen haben und hellseherische Fähigkeiten. Reisende und Händler berichteten zunehmend von Mitgliedern dieses Clans, die Edelsteine aus den nahe gelegenen Bergen schlugen und mit ihren Tieren sprachen. Zweimal kam es innerhalb kurzer Zeit zu einer direkten Begegnung mit Reisenden, und beide Male berichteten die Rückkehrer von »seltsamen Augen« und »unerklärlichen Ereignissen«, waren jedoch nicht zu genaueren Aussagen zu bewegen. Was sie erlebt hatten, musste schrecklich sein, denn beide litten fortan unter Wahnvorstellungen.
Ein Handlungsreisender aber, der einige Jahre später die Gegend durchfuhr, berichtete von einer Zeremonie der Clanmitglieder, die er beobachtet haben wollte. Bei dieser Zeremonie setzten sich die Clanmitglieder Edelsteine in ihre Augenhöhlen. Der Bericht des Handlungsreisenden war Anlass für den Dorfpriester, eine Untersuchung einzuleiten. Als man am beschriebenen Ort ankam, war der Clan jedoch verschwunden. Bis heute gibt es keine Berichte von Begegnungen mehr.

Wir sahen uns an. Es dauerte eine ganze Weile, bis Tina die Stille brach.

»Tja«, sagte sie mit brüchiger Stimme. »Sieht so aus, als hätten wir gefunden, wonach wir suchen.«
Einerseits war ich ungeheuer erleichtert, mich nicht getäuscht zu haben mit allem, was ich bei Violas und Cleos Augen beobachtet hatte. Andererseits erschrak ich bis ins Mark. Eine Sage aus alten Zeiten war *eine* Sache, die Realität hier in Stonehill eine ganz andere. Was, wenn diese Sagen eben nicht nur irgendwelche phantastischen Erzählungen waren? Ich hatte schließlich genau dasselbe gesehen wie das Mädchen aus der ersten Sage!
Wenn Viola und ihre Familie mit den Menschen im Buch verwandt waren, musste ihr Clan schon jahrhundertealt sein. Und noch etwas fiel mir ein.
»Viola hat gesagt, dass sie aus Virginia hergezogen sind. Und ein Teil der Blue Ridge Mountains liegt dort!«
»Aber ihre Eltern haben gesagt, sie kommen aus Florida«, warf Tina ein.
»Natürlich!«, rief Jenny. Ihre Stimme überschlug sich vor Aufregung. »Das würde ich auch machen, wenn ich nicht wollte, dass bei Nachforschungen was rauskommt!«
»Und was machen wir jetzt?«, fragte ich.
Niemand hatte eine Idee. Wir waren uns sofort einig, dass unsere Eltern uns für verrückt halten würden, wenn wir ihnen erzählten, dass wir alte Sagen aus einem Buch für wahr hielten.

»Sagen sind doch nur alte Geschichten«, hörte ich meine Mutter schon sagen.
»Märchen und Legenden«, würde Papa erklären. »Du und deine Phantasie, Lucy!«
Die Eltern der anderen würden mit Sicherheit ähnlich reagieren.
»Aber irgendwas müssen wir uns ausdenken«, sagte Tina entschlossen. »Wir können doch nicht einfach zusehen, wie hier irgendwelche Mitglieder eines jahrhundertealten magischen Clans herumlaufen! Wer weiß, zu was sie wirklich fähig sind? Viola hat Andrea gerettet, ja, aber die Frage ist, ob ihre Eltern ihre Fähigkeiten auch für dunkle Dinge nutzen? Hier im Buch ist ja die Rede von schrecklichen Erlebnissen!«
Ich erinnerte mich mit Schaudern an die Begegnung mit Violas Mutter und ihren eiskalten Händen.
Jetzt war guter Rat teuer. Da es mittlerweile schon recht spät war und Tina und ich nach Hause mussten, beschlossen wir, erst einmal eine Nacht darüber zu schlafen und morgen weiterzusehen. Wir waren uns einig, dass es sehr seltsam sein würde, Viola am nächsten Tag in der Schule zu begegnen. Wenn es stimmte, was wir vermuteten, war sie alles andere als eine gewöhnliche Klassenkameradin.
Ich war sehr froh, dass Jenny und Tina mit mir gemeinsam in diesem Abenteuer steckten. Zusammen würde uns irgendetwas einfallen. Ganz bestimmt.

14. Die große Neuigkeit

Am nächsten Morgen hatten wir jedoch gar keine Zeit, uns allzu viele Gedanken zu machen. Noch vor Unterrichtsbeginn rauschte Marshie wie ein aufgescheuchtes Huhn in unser Klassenzimmer. Sie hatte pinke Flecken im Gesicht und legte ihre Sachen so schnell auf dem Pult ab, dass sie gleich wieder herunterrutschten und auf den Boden fielen. Natürlich sprang Andrea Baker sofort auf und rannte nach vorn, um Marshies Kram aufzusammeln. Als endlich Ruhe eingekehrt war und Andrea wieder auf ihrem Platz saß, verkündete Marshie feierlich: »Heute habe ich eine große Neuigkeit für euch!«

Es war mucksmäuschenstill in der Klasse, und wir alle sahen Marshie erwartungsvoll an.

»Ab dem ersten Januar«, begann Marshie, »ist Stonehill nicht mehr bloß *irgendein Ort*, sondern zählt offiziell genau fünftausend Einwohner und darf die Bezeichnung *Stadt* tragen!« Marshie sah uns freudestrahlend an.

Das war die sensationelle Neuigkeit? Ich wusste ja, dass alle Erwachsenen ganz wild darauf waren, dass Stonehill endlich offiziell Stadt wurde. Seit die Burrows hergezogen waren, waren es jetzt wohl genau fünftausend Einwohner. Das war eine kinderleichte Rechnung, die wir alle schon längst hätten lösen können, wenn es uns interessiert hätte, aber das tat es nicht. Wegen so was veranstaltete Marshie nun so einen Aufstand? Kein Wunder, dass alle ziemlich enttäuscht aussahen.

»Habt ihr nicht gehört, was ich gesagt habe?«, rief Marshie. »Stonehill wird Stadt! Wisst ihr denn nicht, was das heißt?«

Doch, das wussten wir. Wir alle kannten die Hoffnung der Erwachsenen, dass, wenn Stonehill eines Tages Stadt war, man ein Edelsteinmuseum bauen würde und viele Touristen herkommen und viel Geld in Stonehill lassen würden. Aber was hatte das alles mit uns Kindern zu tun?

Annie Clover meldete sich. »Mar... äh, Mrs Hersham«, fragte sie, »bekommen wir an dem Tag schulfrei?«

Marshie seufzte. »Über Silvester und Neujahr sind doch ohnehin Weihnachtsferien, und da Stonehill ab dem ersten Januar den Stadttitel tragen wird, wird die große Feier an Silvester stattfinden. Es wird das größte Fest werden, das es je hier gegeben hat! Die Stadt wird die Feier in der Alten Steinfabrik ausrichten, damit alle Einwohner von Stonehill teilnehmen können!«

Das war nun wirklich etwas Besonderes. Die Alte Steinfabrik war eine stillgelegte frühere Fabrikhalle und riesig groß. Wenn die Feier dort stattfinden würde und nicht in der üblichen kleinen Stadthalle, war wirklich ein gigantisches Fest zu erwarten. Vielleicht durften wir Kinder, wie die Erwachsenen, die ganze Feier mitmachen, bis tief in die Nacht hinein.

Natürlich ging es auch in der nächsten Stunde, dem Kunstunterricht, um das große Fest. Marshie sagte, wir würden ein Projekt zu diesem Ereignis machen und dass wir uns Mühe mit unseren Bildern geben sollen. Sie würden bei der Stadtfeier zur Dekoration in die Alte Steinfabrik gehängt, und vielleicht würden sie sogar in der Zeitung abgebildet. Als Motive für unsere Bilder durften wir alles nehmen, was mit Stonehill zu tun hatte.

Jenny, Tina und ich überlegten, gemeinsam eine Collage zu machen. Wir fanden, dass ein großes Bild aus vielen bunten Schnipseln, die wie Edelsteine wirkten, super zum Thema passen würde. Schließlich waren die Edelsteine ja das Besondere an Stonehill. Jenny meinte, ihre Mutter hätte eine Menge Modezeitschriften zu Hause, vielleicht durften wir ein paar alte Ausgaben nehmen, um daraus farbige Schnipsel zu reißen.

Jetzt machten wir uns erst mal an ein paar Vorzeichnungen.
Die Kunststunde war ganz gemütlich. Marshie schrieb irgendwas in ein Notizbuch und war so beschäftigt, dass sie uns einfach machen ließ. Sie scherte sich nicht einmal darum, dass Jeannie Pitts Evan Carter mit einem tropfnassen Pinsel zwei Runden durch die Klasse jagte, und sie merkte auch nicht, dass Viola allein an ihrem Tisch saß und lustlos mit einem Bleistift auf einem Blatt Papier herummalte. Kein Wunder, sie wusste ja nicht viel über unseren Ort. Sie tat mir leid, und auf einmal kam mir eine Idee, wie wir mehr über sie herausfinden konnten. Ich erzählte Jenny und Tina davon, und sie waren sofort Feuer und Flamme.
»Sehr gut«, sagte Tina zufrieden. »So schlagen wir gleich zwei Fliegen mit einer Klappe!«
Wir gingen gemeinsam rüber zu Viola.
»Hi«, sagten wir im Chor.
»Hi«, sagte Viola und schaute uns an.
Cleo stand auf und machte einen Buckel. Tina wich vorsichtshalber einen Schritt zurück. Sie hatte nicht vergessen, dass Cleo ihr am ersten Tag den Arm zerkratzt hatte, und hatte vermutlich keine Lust auf ein weiteres Erlebnis dieser Art.
»Wir haben gedacht, du magst vielleicht bei uns mitmachen«, sagte Jenny. »Wir dachten an eine Collage.«

Viola lächelte unsicher. »Ja, klar«, sagte sie. Sie schien sich zu freuen.
Jetzt kam der nächste Schritt meines Plans. »Wie wäre es denn, wenn wir dich heute Mittag besuchen und zusammen daran arbeiten?«, fragte ich.
Viola biss sich auf die Unterlippe. »Ich weiß nicht recht«, sagte sie. »Eigentlich muss ich zuerst meine Mutter fragen.«
»Ach, sie hat bestimmt nichts dagegen«, sagte Jenny unbekümmert. »Deine Mama freut sich doch sicher, wenn wir alle zusammen für die Schule arbeiten, oder?«
Viola zögerte etwas. »Schon«, sagte sie schließlich. »Aber mein Opa ist zurzeit krank, und ich weiß nicht, ob ich da Besuch haben darf.«
»Wir machen ja keinen Krach«, sagte Jenny und sah Viola direkt in die Augen.
»Oder ist euer Haus wirklich verflucht?«, sagte Tina plötzlich. »Es ist das älteste Haus der Stadt, weißt du? Und darüber erzählt man sich eine ganze Menge.«
Für einen Moment wich alle Farbe aus Violas Gesicht.
Mir wurde flau. Hatte Tina den Verstand verloren? Tina sah Viola genauso fest an wie Jenny. Am liebsten hätte ich die beiden weggezerrt, aber nun konnte ich nichts weiter tun als dazustehen und zu versuchen, alles wieder in eine harmlose Richtung zu biegen.

»Hör nicht auf die beiden«, sagte ich also. »Wir würden uns einfach freuen, dich zu besuchen.«
»Okay«, willigte Viola schließlich ein. Aber recht war es ihr offensichtlich nicht.
»Prima«, sagte Tina unbeeindruckt. »Wir sind dann gegen vier Uhr bei dir, ja?«
Zum Glück klingelte es. Ich wollte nur noch weg.
Viola nickte stumm. Während Jenny, Tina und ich zu unseren Plätzen zurückgingen, hatte ich wieder das komische Gefühl, beobachtet zu werden, so wie vor ein paar Tagen, auf dem Weg zu den Burrows. Als ich mich umdrehte, sah ich, dass ich mich nicht getäuscht hatte. Cleo machte einen Buckel und starrte uns mit zusammengekniffenen Augen nach.
»Ich sage euch«, raunte Jenny, als wir außerhalb Violas Hörweite waren, »da stimmt was nicht! Sie ist doch so erpicht darauf, Freunde zu finden. Sollte sie sich nicht freuen, wenn wir sie besuchen wollen? Ich hoffe, wir finden heute Nachmittag mehr heraus!«
Das hoffte ich natürlich auch, doch in meine Neugier mischte sich eine gewaltige Portion Angst. Konnte Violas Familie wirklich etwas mit der Familie aus der Sage zu tun haben? Ich hatte solche gruseligen Geschichten immer geliebt, aber was, wenn wir nun wirklich mitten in ein magisches Abenteuer gerieten? In meinem Bauch schienen Hunderte von Schmetterlingen zu flattern, so sehr kribbelte es vor Aufregung.

Bevor ich mich am Nachmittag auf den Weg zur Kreuzung machte, wo Tina, Jenny und ich uns treffen wollten, schaute ich noch einmal in der Küche bei Dr. Watson vorbei.

»Watson«, sagte ich. »Jetzt gewinnt die Sache an Fahrt.« Watson gewann auch an Fahrt. Er war ganz Ohr und schlug so heftig mit den Flossen, dass er rasend schnell durchs Wasser fegte. »Ich gehe jetzt zu den verdächtigen Personen und versuche, mich unauffällig im Haus umzusehen. Vielleicht entdecke ich Beweismaterial.« Watson bremste ab und blieb schließlich mit rudernden Flossen im Wasser stehen. Er sah mich vorwurfsvoll an. »Na ja, höflich ist es nicht«, gab ich zu. »Und gefährlich vielleicht auch. Aber Sie müssen zugeben, Dr. Watson, dass irgendwelche Dinge, die Hinweise auf das Geheimnis der Burrows geben könnten, bestimmt nicht offen im Flur herumliegen werden. Und da wir nun mal herausfinden wollen, was es mit den Burrows auf sich hat, muss ich Risiken eingehen.« Watson wackelte mit der Schwanzflosse. »Wenn mich jemand auf meinem Streifzug erwischt, muss ich natürlich eine gute Ausrede parat haben.« Ich überlegte eine Weile. Watson wartete geduldig, welche Ausrede mir einfallen würde. »Vielleicht kann ich sagen, dass ich zur Toilette will«, erklärte ich Watson schließlich. »Und wenn mich *dann* jemand irgendwo erwischt, sage ich einfach, ich habe aus Versehen eine falsche Tür erwischt!« Watson sah zufrieden aus. »Danke sehr, Watson, danke sehr!«, sagte ich geschmeichelt. Ich streute ein wenig Futter in sein Glas und zog meine Handschuhe an. »Wünschen Sie mir Glück, Watson«, bat ich. Ein paar Luftblasen stiegen über Watson auf. »Danke«, sagte ich. »Ich werde es gebrauchen können!«

15. Bei den Burrows

Pünktlich um vier standen Tina, Jenny und ich vor Violas Zuhause. Ich hob den großen Türklopfer aus Messing an und ließ ihn wieder fallen. Der Ton hallte im ganzen Haus wider, das konnte man sogar hier draußen hören.

Kurz darauf erschien Mr Burrow in der Tür. Seine saphirblauen Augen sahen belustigt auf uns herunter. »Na, so was«, sagte er. »Wenn das nicht die drei Grazien aus dem Wartezimmer von Dr. Jacoby sind. Habe die Ehre!« Er reichte jedem von uns die Hand und machte eine kleine Verbeugung dazu. Es wirkte irgendwie altmodisch, als ob er aus einer anderen Zeit stammen würde, und vielleicht war das ja so. »Kommt herein«, sagte er. »Viola erwartet euch schon!«

Wir folgten Mr Burrow in den Flur. Er war weiß gestrichen und wirkte ziemlich kahl. Auf dem Boden standen ein paar Schuhe ordentlich nebeneinander, und an der Garderobe hingen Violas lila Mantel, eine schwarze Jacke und ein paar Regenmäntel. Ich war ein wenig enttäuscht. Irgendwie hätte ich etwas anderes erwartet. Dunkle Holzdielen und rote Samtteppiche, ein paar Kerzenhalter an der Wand und einen großen Spiegel mit verziertem Rahmen oder so. Aber das hier sah alles ganz gewöhnlich aus und schien nicht zu den Burrows zu passen. Und nicht zum ältesten Haus der Stadt.

Mr Burrow ging zu einer Treppe, die nach oben führte. »Folgt mir, ich geleite euch hinauf«, sagte er.

Die meisten Leute hätten wohl »Geht einfach rauf« gesagt oder »Kommt mit«, aber zu Mr Burrow passte diese seltsame Sprache. Die Burrows mussten wirklich Mitglieder des Clans aus der Sage sein, ich wurde mir immer sicherer. Welcher normale Mensch redete denn noch so?

Die Stufen knarzten, als wir die Treppe hinaufstiegen. Auch hier sah eigentlich alles ganz normal aus: Die Wände waren grau gestrichen, und es wirkte ziemlich aufgeräumt. Viel aufgeräumter als bei uns, wo immer ein Haufen Zeug herumfliegt. Aber Viola hatte ja auch keinen kleinen Bruder, der sein Spielzeug im ganzen Haus verteilte, und keinen großen Bruder, der seine Jacken und Schuhe überall liegen ließ, wo er sie auszog. Und keinen Zwillingsbruder, der mit seinen Marmeladenfingern alle Türen verklebte.

Mr Burrow klopfte an eine Tür am Ende des Flures. »Viola«, rief er. »Besuch für dich!«

Er öffnete die Tür und sagte: »Viel Vergnügen beim Arbeiten, die Damen.« Und zu Viola: »Wenn etwas ist, du weißt ja, wo du mich findest.«
Viola nickte. »Hi«, begrüßte sie uns, während ihr Vater die Treppe hinab verschwand. »Kommt rein!«
Als wir ihr Zimmer betraten, verschlug es mir fast die Sprache. Dass Lila Violas Lieblingsfarbe war, hatte ich mir schon gedacht. Sie trug ja immer nur lila Kleidung. Aber dass ihr ganzes Zimmer lila leuchtete, hatte ich mir nun doch nicht vorgestellt. Und ich meine wirklich, ihr *ganzes* Zimmer: Auf dem Holzboden lagen lila Teppiche, die Bettwäsche war violett, die Vorhänge und sogar die Stifte, die auf Violas Schreibtisch lagen – alles, wirklich *alles*, leuchtete in verschiedenen Violett-Tönen. Und da erst fiel mir auf, dass der Name *Viola* ebenfalls nichts anderes bedeutet als *violett*.
»Wow«, sagte Tina. »Echt ... lila.«
»Mir gefällt's auch«, sagte Viola, und wir alle lachten.
Ich ließ meinen Blick durchs Zimmer schweifen, aber es gab nichts Auffälliges zu sehen. Das hatte ich mir schon gedacht. Wer ließ schon irgendwelche geheimen Dinge einfach so herumliegen? Dabei wusste ich nicht mal, nach was ich eigentlich Ausschau halten musste. Aber vielleicht hatte ich ja Glück und stieß nachher auf etwas Interessantes in einem der anderen Räume. Bei dem Gedanken daran, in diesem Haus herumzuschnüffeln, wurde mir flau im Magen.

»Wo ist eigentlich Cleo?«, fragte ich. Erst jetzt fiel mir auf, dass die Katze, die Viola sonst auf Schritt und Tritt begleitete, nirgends zu sehen war.
»Draußen«, sagte Viola. »Sie jagt ganz gerne mal Mäuse. Wie alle Katzen.«
Obwohl Cleo eine besondere Katze zu sein schien, war sie in manchen Dingen wohl doch ziemlich gewöhnlich. Irgendwie fand ich das beruhigend.
»Sollen wir mit unserer Collage anfangen?«, fragte Jenny.
»Ja, gern«, sagte Viola. »Dazu gehen wir aber am besten runter. Ich dachte, wir arbeiten in der Küche. Da haben wir einen großen Tisch und genug Stühle.«
Wir gingen also nach unten, und Viola führte uns in einen Raum gleich vorn neben der Haustür. Die Küche war groß und hell. Durch die hohen Fenster floss Sonnenlicht herein und überzog alles mit einem gelben Schimmer. In der Mitte stand ein riesiger, schneeweißer Esstisch. Er sah so sauber aus, dass man sich gar nicht vorstellen konnte, wie hier Leute frühstückten und Cornflakeskrümel fallen ließen. Wir fingen an, unsere Malsachen auszupacken, und Tina breitete unsere Entwürfe auf dem Tisch aus.
»Und?«, sagte sie zu Viola. »Was gefällt dir am besten?«
»Das hier sieht hübsch aus«, sagte Viola und zeigte auf eine Skizze, die von Jenny stammte. Auf dem Bild sah man die Häuser von Stonehill und im Hintergrund die

Silhouette der Berge. »Die Hausdächer könnten wir aus vielen kleinen Papierschnipseln so zusammensetzen, dass es aussieht, als wären sie mit Edelsteinen gedeckt«, erklärte ich Viola. »Und wir dachten, die Berge kleben wir aus dunkleren Schnipseln«, sagte Tina. »Dann sehen sie aus wie Zauberberge. Man kann Edelsteine nämlich auf verschiedene Arten schleifen, und je nachdem, wie, bricht sich das Licht darin unterschiedlich.«

Viola lächelte. »Ich weiß«, sagte sie. »Meine Eltern reden ja auch ständig über so was.« Richtig, die Burrows handelten mit Edelsteinen. Da mussten sie sich natürlich mit den verschiedenen Schliffen auskennen. Aber vielleicht machten sie noch ganz andere Dinge damit. Seit ich das mit den Edelsteinen in den Augenhöhlen gelesen hatte, stellte ich mir vor, dass vielleicht auch die Augen der Burrows aus Edelsteinen bestanden! Mir wurde flau, wenn ich nur daran dachte, und ich verdrängte den Gedanken schnell.

Tina zog ein paar Zeitschriften aus ihrer Tasche, aus denen wir ganz viele Schnipsel für die Collage herstellen wollten.

Wir beschlossen, dass Jenny und Viola die Schnipsel schneiden und Tina und ich sie dann erst mal nach Farben sortieren würden. Die Hausdächer wollten wir erst ganz am Schluss gemeinsam machen, weil das ziemlich schwierig werden würde. Es sollte ja aussehen, als ob Mondlicht daraufschien, und da mussten wir wohl nach Fotovorlagen arbeiten.

Viola nahm zwei Flaschen Kirschsaft aus dem Kühlschrank und schüttete Erdnüsse in ein Schälchen. Dann fingen wir mit Basteln an. Zuerst sprach niemand, aber später tauten wir nach und nach auf und redeten über die Schule und schließlich über die Jungs.

»Die Jungs sind alle in dich verknallt«, sagte Tina und kicherte.

»Oje«, sagte Viola und verdrehte die Augen. »Na ja, aber nicht alle. Owen ist, glaub ich, in Jenny verliebt.«

Jenny fiel fast die Schere aus der Hand. Sie wurde über und über rot. »Echt jetzt?«, fragte sie.

Viola grinste. »Klar. Hast du noch nicht gemerkt, dass er während des Unterrichts ständig zu dir rüberguckt?«

Jenny hatte Mühe, ihr Strahlen zu verbergen. »Nee, hab ich nicht«, sagte sie, so cool sie konnte.

»Dann achte jetzt mal drauf«, riet Viola. »Das ist echt unübersehbar!«

Ich fragte mich, ob Viola vielleicht auch solche Dinge vorhersehen konnte. Also, ob Owen und Jenny mal zusammen sein würden. Aber natürlich konnte ich sie nicht fragen, wir hatten ja beschlossen, Viola nicht misstrauisch zu machen. Ich sah Viola verstohlen an und dachte, dass sie wirklich wie ein ganz normales Mädchen aussah, obwohl sie vielleicht zu einem mächtigen Clan mit magischen Fähigkeiten gehörte. Jetzt, als ich neben ihr saß und sah, dass sie genau wie Jenny und Tina scherzte und lachte, war ich mir für einen ganz kurzen Augenblick wieder nicht sicher, ob ich den Vorfall auf dem Ausflug richtig in Erinnerung hatte.

Aber tief in mir drin wusste ich, dass ich mir das alles nicht eingebildet hatte. Auch die Sage aus den Blue Ridge Mountains passte dazu. Das Mädchen hatte genau dasselbe mit den sich drehenden Augen beschrieben, was ich auch bei Viola gesehen hatte.

Ich musste unbedingt mehr herausfinden. Und wenn es auch Spaß machte, zusammen in Violas Küche zu sitzen und an der Collage zu basteln, waren wir ja nicht wirklich hier, um für die Schule zu arbeiten. Es wurde Zeit, mich um meine eigentliche Aufgabe zu kümmern.

Jetzt wurde mir doch ein bisschen mulmig zumute. Immerhin sollte ich in einem fremden Haus spionieren, und wer konnte schon wissen, was einem im Haus einer Familie mit magischen Fähigkeiten alles geschehen konnte?

Aber es half nichts. Also stand ich auf und sagte: »Ich muss mal zur Toilette«, und mein Herz klopfte so laut, dass ich dachte, man müsste es in ganz Stonehill hören.

»Oh, klar«, sagte Viola. Dann ging sie zur Tür und rief: »Papa!«
Mr Burrow kam herein. »Ja, Darling?«, fragte er.
Was war das denn? Wieso musste sie dafür ihren Vater rufen?
»Lucy muss mal zur Toilette«, sagte Viola.
Wahrscheinlich sah man mir meine Verblüffung an, denn Mr Burrow erklärte rasch: »Es ist besser, wenn ich dich begleite, es ist nämlich gar nicht so einfach, sich hier im Haus zurechtzufinden.«
Das war eine ziemlich schwache Ausrede. Viola hätte mir doch genauso gut selbst den Weg zeigen können!
Mr Burrow führte mich durch den Flur, und ich merkte mir, dass auf der rechten Seite zwei Türen lagen. Am Ende des Gangs gab es dann wieder zwei Türen, und vor der linken blieb er stehen.
»Hier, bitte sehr«, sagte er und verbeugte sich leicht. »Ich warte auf dich und bringe dich dann wieder zurück!«
Das Haus war zwar wirklich größer, als es von außen wirkte, aber wie ich zurück zur Küche kam, hatte ich mir problemlos merken können. Entweder hielt Mr Burrow mich für blöd, oder er wollte nicht, dass ich allein im Haus herumstromerte. So, wie ich die Lage einschätzte, war Letzteres der Fall. Es gab also wohl wirklich etwas, das die Burrows unter allen Umständen geheim halten wollten!

Ich nahm all meinen Mut zusammen, lächelte Mr Burrow an und sagte freundlich: »Sie müssen sich keine Umstände machen, ich finde bestimmt allein zur Küche zurück.«

»Nein, nein«, sagte er. »Das macht keine Umstände. Ich warte auf dich.« Täuschte ich mich, oder klang seine Stimme plötzlich eine Spur schärfer? Seine saphirblauen Augen wirkten kalt und hell wie Eis, darüber konnte auch sein eingefrorenes Lächeln nicht hinwegtäuschen.

Als ich die Tür hinter mir geschlossen hatte, schaute ich mich um. Es war kein großes Familienbad, sondern eine kleine Gästetoilette mit einem winzigen Waschbecken. Es gab nur ein Handtuch und eine Pflanze vor dem winzigen Lüftungsfenster, sonst nichts. Ich überlegte, wie ich meinen geplanten Streifzug durchs Haus machen sollte. Wenn Violas Papa mich nicht aus den Augen ließ, hatte ich keine Chance. Mitten in meine Gedanken hinein klingelte ein Handy. Es klang ganz nah und konnte nur das von Mr Burrow sein.

»Ja«, hörte ich seine Stimme gedämpft durch die Tür und nach einer Pause ein leises Fluchen.

»... nicht günstig ... wenn es gar nicht anders geht ...«, sagte er unwirsch. Dann hörte ich Schritte, die sich entfernten, und seine Stimme wurde leiser. Sollte ich jetzt die Gelegenheit nutzen und mich wenigstens im Erdgeschoss kurz umsehen? Violas Mutter und ihr

Großvater schienen nicht zu Hause zu sein, und wo Mr Burrow war, konnte ich ja leicht herausfinden, solange er telefonierte. Ich musste nur darauf achten, dass ich rechtzeitig wieder in der Küche war, bevor er mit seinem Telefonat aufhörte. Also fing ich am besten hier im hinteren Teil des Hauses an.
Ich öffnete vorsichtig die Tür und spähte in den Flur. Es war niemand zu sehen. Vorsichtig schlich ich hinaus und ging zur ersten Tür, die direkt neben der Toilette lag. Ich öffnete sie einen Spalt und lugte hinein. Es war ein kleiner Abstellraum, in dem ordentlich aufgereiht verschiedene Putzmittel, ein Staubsauger und ein Wischmopp standen. Nichts Interessantes also. Ich schloss die Tür und widmete mich der nächsten, die von der Längsseite des Flurs nach links führte. Ich wollte gerade die Klinke herunterdrücken, als mir etwas einfiel, das ich bisher nicht bedacht hatte: Was, wenn die Burrows die wichtigen Räume mit magischen Fallen verschlossen hatten? In irgendeinem Roman hatte ich mal von einem Kind gelesen, dessen Hand mit der Klinke verschmolz, als es versuchte, einen geheimen Raum zu öffnen. Wie gern hätte ich mich jetzt mit Watson beraten, oder wenigstens mit Tina und Jenny, aber dazu war es nun zu spät. Ich atmete tief ein, als ich die Klinke berührte, und erleichtert wieder aus, als nichts geschah.
Dieser Raum war offensichtlich das Wohnzimmer. An

einer Wand stand ein großer Schrank und in der Mitte zwei Sofas und zwei Sessel. An der rechten Wand hing ein großer Fernseher. Ich fand es komisch, dass die Burrows mit so wenig Sachen eingerichtet waren. Bei uns war das anders. Wir hatten nie genug Platz für alles. Hier gab es jedenfalls nichts Besonderes zu sehen, und ich wollte schon fast wieder rausgehen, als ich etwas sah, das mir das Blut in den Adern gefrieren ließ: In einer kleinen Ecke zu meiner Linken, die ich erst gar nicht bemerkt hatte, stand ein Schaukelstuhl, und darin saß, mir zugewandt, eine alte Frau.

16. Erwischt!

Die Frau hatte schlohweißes Haar und trug eine Sonnenbrille, obwohl es hier drinnen ziemlich dunkel war.
Sie war sehr schmal, aber sie wirkte trotzdem Furcht einflößend. Ihr Mund stand offen und schien zu lächeln. Sie schaukelte langsam vor und zurück.
Mir klopfte das Herz bis zum Hals. Natürlich konnte ich der alten Dame erklären, dass ich mich verlaufen hätte, aber ob Mr Burrow mir glauben würde, wenn er davon erfuhr, wagte ich zu bezweifeln. Ich war starr vor Schreck und konnte mich nicht bewegen. Erst als ich ein leises Röcheln hörte, kapierte ich, dass die alte Frau mit offenem Mund schlief! Ich atmete erleichtert aus, ging leise aus dem Zimmer und schloss die Tür. Was für ein Glück, dass sie mich nicht gesehen hatte! Ich war jetzt ziemlich nervös und überlegte, vielleicht doch lieber wieder zurück in die Küche zu gehen, aber andererseits war das hier vermutlich die einzige Gelegenheit, mich im Haus der Burrows umzusehen. Ich

musste nur vorsichtig sein und mich beeilen, damit ich nicht allzu auffällig lange weg war. Also ging ich zur nebenan liegenden Tür. Diesmal legte ich zuerst mein Ohr an das Holz. Das war eine gute Idee, ich hörte nämlich leises Stimmengemurmel. Es war eindeutig Violas Vater, der in diesem Raum telefonierte. Das war also wohl sein Arbeitszimmer und vermutlich der interessanteste Raum, aber da konnte ich natürlich jetzt nicht hinein. So ein Mist! Die letzte Tür auf der linken Seite lag gleich neben dem Eingang und gegenüber der Küche. Ich lauschte, konnte aber nichts hören und stellte nach einem kurzen Blick hinein fest, dass es nur die Speisekammer war. Na ja, jedenfalls wusste ich jetzt, in welchen Raum ich musste. Ich brauchte nur noch eine Gelegenheit hineinzugelangen.

Ich ging in die Küche zurück und setzte mich wieder an den Tisch. Jenny und Tina warfen mir verstohlen fragende Blicke zu, aber ich schüttelte nur den Kopf und formte lautlos mit den Lippen »Später«. Wir bastelten eine Weile, und während die anderen miteinander quasselten, überlegte ich, welche Möglichkeit es gab, unbemerkt in Mr Burrows Arbeitszimmer zu gelangen. Notfalls würden Jenny, Tina und ich noch einmal herkommen müssen, wenn Violas Eltern aus dem Haus waren, und die Großeltern am besten auch. Nur, wie sollten wir das hinbekommen? Viola hatte ja

dieses Mal schon nur sehr zögerlich zugesagt, dass wir zu Besuch kommen durften.
Kurze Zeit später erschien Mr Burrow in der Küchentür. Er trug einen langen schwarzen Mantel und einen schwarzen Hut und sah ziemlich nervös aus.
»Hör zu, Viola«, sagte er. »Ich muss dringend weg. Du weißt Bescheid, ja?« Beim letzten Satz warf er einen schnellen Seitenblick in meine Richtung. In meinem Rücken kribbelte es. Ich wich seinem Blick aus und klebte einen rosa Papierschnipsel auf die Collage.
Viola nickte. »Ja, Papa«, sagte sie.
»Ich weiß nicht, wie lange ich wegbleibe«, sagte Mr Burrow und band sich einen Schal um den Hals. »Deine Mutter und dein Großvater sollten in einer Stunde wieder hier sein. Großmutter schläft im Wohnzimmer, stört sie nicht.« Ich sah im Augenwinkel, dass er wieder kurz zu mir herübersah. »Also, nicht im Haus herumrennen, okay?«
»Ja, okay«, sagte Viola, und Mr Burrow verließ endlich die Küche. Man hörte die Haustür zuschlagen, und ich sah aus dem Küchenfenster, wie er den Kiesweg entlangeilte. Sein langer Mantel wehte ihm um die Beine, und er telefonierte schon wieder.
Eigentlich war es die perfekte Gelegenheit, in sein Zimmer zu schauen. Vermutlich hatte er es abgesperrt, aber wie man ein Türschloss mit einer Haar-

spange aufbekam, wusste ich. Das hatte mir Evan Carter mal gezeigt, als er unbedingt an die Süßigkeiten wollte, die Marshie im Klassenschrank aufbewahrte und die es normalerweise nur zur Belohnung für besondere Leistungen gab. Ich hoffte bloß, dass Mr Burrow lange genug wegbleiben würde. Ich war ja gerade erst auf der Toilette gewesen und konnte nicht gleich wieder gehen, ohne dass es auffiel.

»Sind deine Eltern viel unterwegs?«, wollte Jenny wissen.

»Ja«, sagte Viola. »Als Händler muss man ständig reisen.«

»Und seid ihr schon oft umgezogen?«, fragte Tina.

»Mhm«, antwortete Viola, »schon ziemlich oft.«

»Das muss schwierig sein«, sagte Jenny. »Ich meine, wegen der Freunde und so. Ist bestimmt nicht schön, wenn man gerade welche gefunden hat und dann schon wieder wegmuss.«

Viola sah auf einmal sehr traurig aus. »Ja«, sagte sie leise. »Das ist nicht schön. Aber so ist es eben. Und ich hab ja Cleo.«

Wie auf ein Stichwort erschien Cleo in der Küchentür. Sie spazierte direkt zu Viola, sprang in einer weichen Bewegung auf ihren Schoß und rollte sich zusammen. Bildete ich mir das ein, oder beobachtete sie mich mit ihren schläfrigen, halb offenen Augen?

»Schon, aber eine Katze ist doch nicht dasselbe wie

Freunde«, sagte Jenny. Ich fand das ziemlich taktlos von ihr, obwohl ich wusste, dass sie es nicht böse meinte. Jenny dachte eben leider meistens nicht nach, bevor sie redete, und das konnte manchmal ganz schön verletzend sein.

Viola schien das zum Glück nichts auszumachen, oder sie ließ es sich nicht anmerken. »Da hast du wohl recht«, sagte sie nur, während sie Cleo streichelte.

»Vielleicht bleibt ihr ja diesmal etwas länger und richtet euch hier in Stonehill richtig ein«, versuchte Tina Viola zu trösten.

»Ja, vielleicht«, entgegnete Viola, aber sie sah nicht aus, als ob sie wirklich daran glaubte.

»Bäh!«, sagte Tina plötzlich und verzog das Gesicht. »Ich hab wohl zu fest auf die Flasche gedrückt!« Sie hielt ihren Daumen hoch, der über und über mit Kleber beschmiert war. Dabei machte sie ein so komisches Gesicht, dass wir alle lachen mussten. Die trübe Stimmung war verflogen, und wir machten eine Menge Unfug mit den Schnipseln für die Collage.

»Guckt mal, es schneit!«, brüllte Jenny und warf zwei Handvoll Schnipsel in die Luft. Sie schwebten langsam herab und bedeckten den Tisch, die Collage, den Küchenboden und landeten auf unseren Köpfen.

»Mensch, Jenny«, sagte Tina, »du spinnst wohl!« Aber dann nahm sie selbst eine Handvoll Schnipsel

und warf sie über Jenny. Viola kicherte und ließ es auch Schnipsel regnen.
Jetzt oder nie, dachte ich, und während die anderen mit den Schnipseln beschäftigt waren, murmelte ich etwas von Toilette, aber keiner beachtete mich.
Ich schlüpfte schnell an ihnen vorbei in den Flur und schloss gerade leise die Tür hinter mir, als ich einen Schatten wahrnahm. Cleo war an mir vorbeigehuscht und setzte sich vor die Tür zu Mr Burrows Arbeitszimmer. Sie rollte den Schwanz um ihre Vorderpfoten und streckte das Kinn vor, so als wollte sie sagen: *An mir kommst du nicht vorbei!* Es sah fast so aus, als wollte sie die Tür bewachen!
»Liebe Cleo«, flüsterte ich. »Feines Kätzchen!« Vielleicht war es Violas Bemerkung darüber gewesen, dass Cleo sich wie alle anderen Katzen verhielt, die mich so unerschrocken gemacht hatte, dass ich einen weiteren Schritt auf die Tür zuging. Aber dann blieb ich abrupt stehen und erschrak so sehr, dass ich mich nicht mehr bewegte. Cleo riss die Augen auf, die plötzlich saphirblau leuchteten, und fauchte dabei so gewaltig, dass man ihre vielen kleinen, spitzen Zähne sehen konnte. Sie hielt mich mit ihrem Blick fest, sodass ich nicht wegschauen konnte, und auf einmal, erst ganz langsam, dann immer schneller, begannen sich Cleos Augen zu drehen. Gleichzeitig wurden die Pupillen kleiner und kleiner, bis sie schließlich ganz verschwanden.

Was war das?

Mein Herz klopfte wild. Cleos Augen funkelten nun in allen Farben und schienen Funken zu sprühen.

»Ist okay, Cleo, ich gehe ja schon, tu mir nichts, okay?«, flüsterte ich. Mein Mund war ganz trocken, und meine Knie zitterten wie Wackelpudding, als ich Zentimeter für Zentimeter rückwärts Richtung Küche schlich. Cleo ließ mich nicht aus den Augen, die wie Kaleidoskope aus tausend bunten Splittern zu bestehen schienen, und ich musste all meinen Mut zusammennehmen, um ihr den Rücken zuzudrehen. Dann öffnete ich schnell die Tür und schlüpfte hinein.

Ich versuchte, mir nicht anmerken zu lassen, dass ich gerade zu Tode erschrocken war.

Die anderen waren noch damit beschäftigt, die Schnipsel aufzufegen, und merkten zum Glück nicht, dass ich völlig durch den Wind war. Ich half beim Aufkehren und versuchte, jeden Blick zu Cleo zu vermeiden, die es wieder auf unheimliche Weise geschafft hatte, zeitgleich mit mir durch die Tür zu schlüpfen. Sie lag jetzt auf der Fensterbank, und ich spürte, obwohl ich es nur im Augenwinkel erahnen konnte, dass sie mich unverwandt anstarrte. Ich wollte nur noch nach Hause und war froh, als Tina sagte, es sei schon halb sieben. Wir mussten nämlich um sieben zu Hause sein und uns mächtig beeilen, wenn wir nicht zu spät kommen wollten. Wir packten unser Zeug zusam-

men. Die Collage war nicht fertig geworden, aber das war gar nicht schlecht. So hatten wir noch mal einen guten Grund, uns bald wieder mit Viola zu verabreden. Wenn ich mir auch noch nicht sicher war, ob ich mich wieder trauen würde, im Haus der Burrows herumzuschnüffeln. Vielleicht konnte das beim nächsten Mal Tina oder Jenny übernehmen.
»Es war schön, dass ihr hier wart«, sagte Viola, als sie uns zur Tür brachte. Sie sah wieder etwas traurig aus. Bestimmt fühlte sie sich einsam.
»Wir sehen uns ja morgen in der Schule«, versuchte ich sie zu trösten.
»Ja«, sagte Viola und lächelte schief. »Bis morgen!«
Wir sagten Tschüs, und dann gingen Jenny, Tina und ich über den knirschenden Kiesweg durch den Garten zur Straße, während Viola in der Tür stand und uns nachsah. Cleo schmiegte sich an ihre Beine, und ich spürte ihren Blick im Rücken, bis wir aus ihrem Sichtfeld verschwunden waren.
Als wir uns in sicherer Entfernung zum Haus der Burrows befanden, fielen Tina und Jenny mit Fragen über mich her. »Hast du was rausgefunden?« und »Jetzt sag schon!«, riefen sie durcheinander.
»Wie man's nimmt, aber ich bin mir jetzt jedenfalls absolut sicher, dass wir auf der richtigen Spur sind!«, sagte ich. Als ich von der alten Frau im Sessel und von Mr Burrows seltsamem Verhalten erzählte, waren

Jenny und Tina schon ziemlich beeindruckt, aber als ich mit zitternder Stimme berichtete, was ich mit Cleo erlebt hatte, verschlug es ihnen fast die Sprache.
Es war Tina, die als Erste wieder sprechen konnte.
»Oh Mann«, sagte sie. »Oh Mann.«
»Was machen wir denn jetzt?«, fragte Jenny, und sie klang zum ersten Mal richtig ängstlich.
»Ich weiß es nicht«, gab ich zu.
Wieder einmal waren wir mit unserem Latein am Ende.
Wir waren vor Tinas Haus angekommen, und zwei Minuten später verabschiedete sich auch Jenny und ging die Einfahrt zu ihrem Haus hoch. Die letzten paar Meter bis nach Hause legte ich allein zurück. Eigentlich darf ich nicht allein draußen sein, wenn es dunkel ist, aber von Jenny zu mir ist es nicht weit, und für die paar Schritte wollte ich meine Eltern nicht extra anrufen. Es war schön, in Gedanken versunken durch die kühle Abendluft zu gehen, und ich erschrak gewaltig, als plötzlich ein Mann im dunklen Mantel vor mir auftauchte. »Sieh an, sieh an«, hörte ich eine kalte Stimme sagen. Eisblaue Augen ruhten auf meinem Gesicht und schienen in meinen Gedanken zu wühlen. »Wen haben wir denn hier?«

17. Eine unheimliche Begegnung

Ich bekam kein Wort heraus.

»Nun, kleine Lucy«, sagte Mr Burrow. »Es ist ja sehr nett von dir und deinen Freundinnen, dass ihr Viola Gesellschaft leistet. Sie hat es nicht leicht ... nicht leicht mit allem.« Er sah in die Ferne und lächelte. Dann wandte er sich wieder mir zu. »Es wäre doch zu schade, wenn Violas neuen Freundinnen etwas zustieße, nicht wahr?« Seine Augen glänzten, und auf einmal wurde mir kalt. Ich brachte kein Wort heraus.

Mr Burrow beugte sich so nah zu mir herunter, dass ich seinen Goldzahn im schwachen Licht einer Straßenlampe aufblitzen sah. Seine Augen waren plötzlich ganz dunkelblau, wie tiefe Brunnen. Es schien, als ob Hände aus der Tiefe nach mir griffen, um mich für immer hinunterzuziehen. »Wer sich in Gefahr begibt, kommt darin um«, flüsterte Mr Burrow. »Kennst du das Sprichwort nicht?«

Mir wurde schwindelig. Wusste Violas Vater etwa, dass

ich versucht hatte, in sein Zimmer zu gehen? Er war doch die ganze Zeit außer Haus gewesen!
Mein Hals war wie zugeschnürt, und meine Beine schienen auf der Straße festgewachsen zu sein. Ich konnte mich nicht bewegen, und noch immer schienen mir die Worte im Hals festzustecken.
Mr Burrow sah mich eine Weile an, und schließlich legte er mir eine Hand auf die Schulter.
»Kümmere dich um deine eigenen Dinge. Alles ist wie immer, und alles bleibt, wie es war, verstehst du?«
Meine Starre löste sich, und ich nickte.
»Pass gut auf dich auf, Lucy Anderson«, flüsterte Mr Burrow. »Du bist so ein nettes Mädchen.«
Dann richtete er sich auf und rieb sich die Hände.
»Kalt heute, nicht wahr?«, sagte er so normal, als hätten wir die ganze Zeit nur über das Wetter gesprochen.
Ich starrte ihn stumm an.
»Also, dann.« Er zog seinen Hut, nickte mir zu und glitt leise an mir vorbei in die Dunkelheit.
Ich blieb noch eine Weile mit zittrigen Beinen und klopfendem Herzen stehen und lauschte seinen Schritten, bis sie in der heranbrechenden Nacht verklungen waren. Dann erst wagte ich, noch einmal einen Blick zurückzuwerfen. Mr Burrow war nicht mehr zu sehen. Ich wollte jetzt einfach nur so schnell wie möglich nach Hause. Die letzten Meter rannte ich. Fast

hätte ich vor Erleichterung geweint, als ich unser gemütliches Haus mit den hell erleuchteten Fenstern in der Dunkelheit auftauchen sah.

»Na, endlich«, sagte Mama, als sie mir die Tür öffnete. »Wir warten schon seit einer Viertelstunde mit dem Essen auf dich. Papa und ich wollen nicht, dass du allein in der Dunkelheit herumläufst. Man weiß ja nie, ob sich nicht doch irgendwo da draußen ein Unhold herumtreibt!«

»Es tut mir leid«, sagte ich und zwang mich zu einem Lächeln. »Kommt nicht mehr vor. Versprochen!«

Ich wollte Mama nicht merken lassen, dass ich gerade dem unheimlichsten Unhold der Welt begegnet war.

Die ganze Sache war auf einmal viel riskanter, als ich es mir hätte vorstellen können. Wenn ein Erwachsener ein Kind bedrohte, wie Mr Burrow gerade mir gedroht hatte, schreckte er bestimmt vor nichts zurück. Und er hatte hundertprozentig etwas ganz Brisantes zu verbergen! Die Lage spitzte sich zu, und ich wusste weniger denn je, was ich tun sollte. Die ganze Zeit, seit Cleo mir vor der Tür von Mr Burrows geheimem Zimmer aufgelauert hatte, bekam ich das Bild von ihren sich drehenden, pupillenlosen Augen nicht mehr aus dem Kopf. Eines war jetzt sicher: Ich hatte mich auch damals auf dem Ausflug nicht getäuscht! Violas Augen hatten sich genauso gedreht wie die von Cleo heute, und die wechselnden Farben ähnelten den Farbsplittern, die ich heute bei Cleo gesehen hatte. Ich nahm das Sagenbuch zur Hand und las noch einmal die Sagen von dem Mädchen aus den Blue Ridge Mountains und dem Clan der magischen Augen. Hatte es diesen Clan wirklich gegeben? Gab es ihn womöglich auch heute noch? Gehörten die Burrows ihm tatsächlich an? Fragen über Fragen, und Watson, den ich mit in mein Zimmer genommen hatte, schlief leider schon. »Morgen, Watson«, dachte ich. »Morgen sehen wir weiter.« Und mit diesem Gedanken schlief ich ein.

18. Im Kristallwald

Das Geräusch war so laut, dass ich zusammenzuckte. Ich versuchte, den Kristallen auszuweichen, die auf mich herunterprasselten und dabei so laut klirrten, dass es in den Ohren wehtat. Dann merkte ich, dass das Klirren gar kein Klirren war, sondern ein Rappeln: Es kam von meinem Wecker, und ich lag in meinem Bett. Ich hatte also geträumt, und es war wohl ein sehr aufregender Traum gewesen, denn mein Schlafanzug war etwas feucht am Rücken, weil ich geschwitzt hatte. Ich versuchte, mich zu erinnern, und plötzlich fiel mir alles wieder ein.
Ich hatte den irrsinnigsten Traum meines Lebens geträumt!

Alles hatte damit begonnen, dass ich einen Spaziergang machen wollte. Es war tiefe Nacht, und ich hatte den ganzen Tag schon daran gedacht, was mit den Burrows los war, und mich gefragt, was wir tun sollten. Ich beschloss, dass mir ein wenig frische Luft guttun würde.

Die besten Einfälle habe ich ja immer, wenn ich mit Watson spreche, also nahm ich ihn mit auf den nächtlichen Spaziergang. Ich hielt seine Goldfischkugel mit beiden Händen und trug sie vor mir her. Ich erklärte Watson, dass die Häuser, an denen wir vorbeigingen, zur Maple Street gehörten. Dann kamen wir zum Ortsschild und weiter zu einem See, den es in Wirklichkeit dort gar nicht gibt, und gelangten nach einer Weile zu einem riesigen Wald mit hohen Bäumen. Die Bäume hingen voller reifer Früchte: Äpfel, Birnen, Pflaumen, Aprikosen und Kirschen. Die Nacht war ziemlich dunkel, aber ab und an schien etwas Mondlicht durch die Bäume, sodass wir den Weg vor uns gut erkennen konnten. Während wir durch den Wald spazierten, erzählte ich Watson alles über Violas und Cleos Augen. Davon, wie sie sich veränderten, wenn ihre magischen Fähigkeiten benutzt wurden. Wie sie leuchteten und funkelten und sich im Kreis drehten. Watsons Augen wurden groß und größer, und dann waren es auf einmal gar keine Goldfischaugen mehr, sondern Kaleidoskope, die sich drehten und beständig neue, bunte Muster bildeten.

»Miss Lucy«, sagte Watson, während seine Augen stetig die Farbe änderten. »Die Augen sind nicht, was sie zu sein scheinen.«

Wir näherten uns einer Lichtung, auf der jemand stand. Dieser Jemand redete, aber ich konnte außer ihm niemanden sehen. Ich schlich vorsichtig zum Rand der Lichtung und hielt mich im Schatten der Bäume versteckt. Im Mondlicht, das die Mitte der Lichtung in einen silbernen Schimmer tauchte, konnte ich einen alten Mann erkennen, der in den Himmel sah. »Täubchen«, schrie er. »Täubchen, was siehst du?«

Es war Violas Großvater! Er trug eine Brille mit schwarzen Gläsern und einen langen grünen Mantel. »Täubchen«, rief er immer wieder, »Täubchen, zeig mir, was du siehst!«

Ich blickte ebenfalls nach oben, aber es war keine Taube zu sehen. Plötzlich fing Violas Großvater an zu tanzen. »Ja«, rief er, »so ist's recht, Täubchen! Flieg weiter, flieg und lass mich mit dir reisen!«

Plötzlich flog eine Taube auf seine Schulter, und eine Sekunde später war es gar keine Taube mehr, die da saß, sondern eine Katze. Die Katze glich Cleo bis aufs Haar. Sie sah zu uns herüber, entdeckte Watson und begann, sich die Lippen zu lecken.

»Wir müssen weg«, flüsterte ich und fing an zu laufen, aber plötzlich hörte ich die Stimme von Violas Papa: »Renn, Täubchen, renn, soviel du willst! Du kannst uns nicht entkommen!« Ich drehte mich um, doch da war keiner. Ich hielt Watsons Glas mit beiden Händen fest, damit kein Wasser herausschwappen konnte, und rannte, so schnell mich meine Beine trugen, durch den Wald. Zweimal stolperte ich über Wurzeln, die aus dem

Boden ragten, aber ich konnte mich jedes Mal noch rechtzeitig fangen. Ich rannte und rannte und rannte, bis ich endlich das Ende des Waldes sehen konnte. Dahinter lag Stonehill verschlafen zwischen den Hügeln.
»Gleich haben wir es geschafft, Watson«, keuchte ich.
Watson sah nicht besonders glücklich aus. Vermutlich war ihm schlecht, weil er ordentlich durchgeschüttelt worden war. Dann fiel mir etwas ganz Seltsames auf: Je näher wir dem Rand des Waldes kamen, desto langsamer wurde ich, obwohl ich genauso schnell rannte wie bisher. »Was ist das, Watson?«, fragte ich, aber Watson antwortete nicht.
Es fühlte sich an wie eine Ewigkeit, bis wir den Waldrand schließlich erreichten. *Geschafft*, dachte ich erleichtert, aber in diesem Moment trat jemand aus dem Dickicht und stellte sich uns mitten in den Weg. Es war Mr Burrow. Er trug wieder seinen langen schwarzen Mantel und hatte eine Krone auf dem Kopf.
»Willkommen in meinem Reich!«, schrie er. Er breitete die Arme aus, legte den Kopf in den Nacken und begann zu lachen. Da erst sah ich, dass die Bäume gar nicht mit Früchten, sondern über und über mit Edelsteinen behangen waren. Sie funkelten und glitzerten im Mondlicht wie riesige Kaleidoskope.
»Der Wald hat tausend Augen«, flüsterte Mr Burrow.
Sein Mantelsaum begann Wellen zu schlagen und wogte ihm um die Beine.

Mr Burrow wurde größer und größer, bis sich sein Kopf in den Wipfeln der Bäume befand. »Habe die Ehre!«, rief er, und dann stieg er in die Luft empor, zuerst langsam, dann immer schneller, bis er nur noch als kleiner Punkt zwischen den Sternen zu erkennen war. »Habe die Ehre«, hörte ich ihn noch einmal leise rufen, dann war Mr Burrow verschwunden. Die Edelsteine fielen klirrend von den Bäumen wie überreifes Fallobst, und in dem Moment wachte ich auf.
Was für ein irrer Traum! Es hatte sich alles so real angefühlt! Nach all dem, was ich gestern erlebt hatte, war es allerdings auch kein Wunder, dass ich so verrückt geträumt hatte. Ich schaute zu Watson, der neben mir auf dem Nachttisch in seinem Glas herumschwamm.

»Guten Morgen, Dr. Watson«, begrüßte ich meinen Goldfisch. »Ich habe geträumt, dass wir beide heute Nacht zusammen unterwegs waren. Hatten Sie vielleicht denselben Traum?« Watson schwamm an den Rand der Kugel und sah mich an. »Nicht?«, sagte ich. »Dann werde ich Ihnen davon erzählen.«
Träume hatten manchmal eine Bedeutung, und dieser hier ganz bestimmt. Dr. Watson war sehr klug. Vielleicht fiel ihm dazu etwas ein. Watson sah mich erwartungsvoll an und hörte mir, wie immer, aufmerksam zu.
Als ich geendet hatte, drehte er für eine Weile ein paar

Runden durch seine Glaskugel. Vermutlich dachte er nach. Dann blieb er im Wasser stehen, und Luftblasen stiegen über seinem Maul auf. Ich rutschte näher und betrachtete ihn durch die Glaswand. Wir waren nun auf gleicher Augenhöhe. Watson wirkte plötzlich viel größer, und durch das wassergefüllte Becken mit der gebogenen Glaswand sah alles, was sich dahinter befand, ganz anders aus. Meine Möbel, mein Fenster, mein Schreibtisch, alles schien sich zur Mitte des Zimmers hin zu neigen. Seltsam, das war mir vorher nie aufgefallen!

Manchmal muss man etwas aus einer anderen Perspektive betrachten, hörte ich Watsons Stimme in meinem Kopf, *und die Dinge mit anderen Augen sehen.* »Wie meinen Sie das, Watson?«, fragte ich, aber Watson sah mich nur stumm an. In meinem Kopf fuhren die Gedanken Karussell. Selbst wenn beide Male, bei denen ich die sich drehenden, glühenden Augen gesehen hatte, ähnlich gewirkt hatten, bedeutete das noch lange nicht, dass es gleiche Effekte gewesen waren! Wenn bei Viola eine Art zeitversetztes Sehen stattgefunden hatte – ein kurzer Blick in die Zukunft vielleicht? –, passte das nicht recht zu gestern. Wenn Cleo vorhergesehen hätte, dass ich in Mr Burrows Zimmer wollte, hätte sie wohl auch vorhergesehen, dass ich nicht hineinkommen würde. Oder sie hätte mich schon in der Küche aufhalten können. Vor allem aber erklärte es nicht, woher Mr Burrow davon wusste. Ich hatte nur Jenny und Tina davon erzählt, und nur Cleo hatte mich gesehen. Mir schauderte, als ich daran dachte, wie Cleos Augen auf einmal saphirblau geleuchtet und sich gedreht hatten …

Ein Gedanke begann sich zu formen. Statt Cleos Augen sah ich wieder die kalten Augen von Mr Burrow vor mir, die so blau gewirkt hatten wie tiefe Brunnen. Und dann wieder Cleos Augen, die ihre Farbe gewechselt hatten. Zu einem klaren Saphirblau …

Watsons Satz hallte in meinem Kopf wider: *die Dinge mit anderen Augen sehen …*

Konnte es sein, dass – ich richtete mich auf. »Watson!«, rief ich. »Watson! Meinen Sie, es ist möglich, durch fremde Augen zu sehen? Wenn sie magisch sind?« Watson ruderte mit seiner Schwanzflosse. »Es könnte doch sein, oder nicht?«, sagte ich atemlos. »Wenn das möglich ist, dann hat nicht Cleo mich vor der Tür angestarrt, sondern Mr Burrow! Durch Cleos Augen! Sie hatten genau dieselbe Farbe wie seine! Watson, was meinen Sie, ist das möglich?« Watson sah mich unverwandt an. »Sie halten es für möglich?«, flüsterte ich. »Watson, wenn das stimmt, dann gibt es keinen Zweifel mehr. Die Burrows gehören zum Clan der magischen Augen!«

19. Der Plan

»Durch fremde Augen sehen?«, flüsterte Jenny. Sie war genauso blass um die Nase wie Tina. Es war der Nachmittag desselben Tages. Wir saßen in meinem Zimmer, und ich hatte den beiden gerade erzählt, wie Mr Burrow mich gestern Abend auf dem Heimweg abgefangen und mir gedroht hatte. Und ich hatte natürlich von meinem bizarren Traum heute Nacht erzählt.

»Wenn das stimmt«, sagte Tina, »dann ist es das Unheimlichste, was ich mir vorstellen kann. Wir müssen etwas unternehmen! Bloß was?«

Ich zuckte mit den Schultern. »Ich weiß es nicht«, sagte ich. »Den Erwachsenen brauchen wir erst gar nichts davon zu erzählen, die halten es ja für einen absoluten Glücksfall für Stonehill, dass die Burrows überhaupt hierhergezogen sind. Und ohne handfeste Beweise glauben die uns sowieso nicht.«

»Aber wie sollen wir denn an handfeste Beweise kommen?«, fragte Jenny. »Wir haben doch überhaupt

keine Ahnung, nach was wir eigentlich suchen, und im Haus der Burrows können wir uns jetzt keinesfalls mehr blicken lassen.«

Wir grübelten und grübelten, aber es fiel uns einfach nicht ein, wie wir jetzt vorgehen sollten.

»So ein Mist!«, rief Jenny verzweifelt und schlug mit der Faust auf die Armlehne.

»Lass uns noch mal überlegen, was wir wissen«, schlug ich vor. »Oder was wir zu wissen *glauben.*«

»Okay, also los«, begann Tina. »Viola kann, oder zumindest konnte sie am Tag des Ausflugs, in die Zukunft sehen. Deshalb wusste sie, was passieren würde, wenn sie Andrea nicht warnt. Das ist die Besonderheit ihrer magischen Augen: Die funkeln dann in allen Farben, die es auf der Welt gibt, und drehen sich im Kreis.«

»Und Mr Burrow kann Cleopatras Augen mitbenutzen und durch sie sehen. Dann werden sie saphirblau und drehen sich ebenfalls ganz schnell im Kreis«, fügte ich hinzu. »Alles in allem bedeutet das jedenfalls, dass wir den Burrows das Handwerk legen müssen. Wir dürfen nicht zulassen, dass sie weiter Menschen ausspionieren und wer weiß was noch alles mit ihren magischen Augen machen können.«

»Na toll«, sagte Tina. »So weit waren wir eben auch schon. Aber wie? Wie legen wir ihnen das Handwerk?«

»Als Erstes müssen wir Beweise finden«, sagte ich. »Damit uns die Erwachsenen glauben. Vielleicht haben die Burrows magische Edelsteine in ihrem Haus oder so etwas.«

»Ich trau mich da nicht mehr rein«, sagte Tina sofort.

»Ich auch nicht!«, rief Jenny.

Ich sah die beiden an und sagte nachdenklich: »Wir müssen ja auch gar nicht unbedingt hineingehen.«

Tina warf mir einen verständnislosen Blick zu, aber bei Jenny fiel der Groschen.

»Du willst von außen durchs Fenster gucken?«, fragte sie. »Spionieren?«

»Ja!«, sagte ich entschieden. »Wir gehen einfach spätabends hin, wenn uns niemand so leicht im Garten entdecken kann. Wenn wir Glück haben, können wir gut in das Zimmer sehen und so vielleicht etwas herausfinden.«

»Ist dir klar, was passiert, wenn wir erwischt werden?«, rief Tina. »Dann sind wir komplett geliefert!«

»Aber eine andere Lösung weiß ich nicht«, sagte ich. »Du etwa? Dann nur her damit!«

Tina kaute auf einer Haarsträhne herum. »Nein«, gab sie schließlich zu. »Was Besseres fällt mir auch nicht ein.«

»Wir könnten auch einfach machen, was Mr Burrow sagt, und uns aus allem raushalten«, meinte Jenny. Sie biss sich auf die Unterlippe.

»Niemals!«, sagte ich. »Wollen wir riskieren, dass wir

ausspioniert und überwacht werden, wie es den Burrows gerade passt? Wer weiß, was sie mit ihren Fähigkeiten noch alles machen können!«
»Du hast recht«, sagte Tina und setzte sich kerzengerade hin. »Wir müssen rausfinden, was da los ist. Komm, Jenny, du kannst uns jetzt nicht im Stich lassen.«
Jenny schluckte und nickte. »Klar«, sagte sie. »Ich bin natürlich dabei.«
»Okay«, sagte ich. »Dann müssen wir nur noch den perfekten Zeitpunkt finden!«
Da Viola schon mal erwähnt hatte, dass ihre Eltern oft bis spät in die Nacht an der Arbeit saßen, sollte es am besten gegen Mitternacht sein.
»Warum nicht gleich heute?«, schlug Tina vor.
Jetzt wurde mir mau. Aber Tina hatte recht. Was machte es schon aus, ob wir noch ein paar Tage warten oder nicht? Je früher, desto besser.
»Wir müssen nur aufpassen, dass unsere Eltern uns nicht erwischen, wenn wir uns aus dem Haus schleichen«, sagte Tina. Sie hatte keine großen Geschwister und kannte daher nicht dieselben Tricks, die ich von Jeremy gelernt hatte. Jenny hatte es etwas leichter, weil ihr Zimmer im Erdgeschoss lag. Sie musste nicht auf knarzende Treppen oder so was achten.
»Du kannst ja fragen, ob du bei mir übernachten darfst«, schlug ich Tina vor. »Dann müssen wir uns

nur vor meinen Eltern in Acht nehmen.« Es war Samstag, und da durfte ich bestimmt einen Übernachtungsgast einladen. Das war nichts Besonderes, das hatten wir schon oft so gemacht.
Nach einem Anruf stellte sich heraus, dass Tinas Eltern tatsächlich einverstanden waren, und auch meine Eltern erlaubten es mir gern.
»Dann ist es also ausgemacht«, sagte ich. »Heute Abend spionieren wir bei den Burrows!«

Je näher die verabredete Zeit rückte, desto nervöser wurde ich. Tina schlief auf der Gästematratze neben meinem Bett und schnarchte leise vor sich hin. Wir hatten uns den Wecker auf halb zwölf gestellt, aber ich konnte vor Aufregung nicht einschlafen. Ich saß neben Watson, der in seiner Glaskugel noch immer auf meinem Schreibtisch stand, und erzählte ihm, was wir vorhatten.

Dr. Watson sah mich entgeistert an. »Doch, doch«, versicherte ich ihm. »Das ist eine gute Idee. Wir sind ja zu dritt und sehr vorsichtig.« Watson ruderte aufgeregt mit der Schwanzflosse. Er hatte offensichtlich Bedenken wegen unserer Sicherheit. Ich musste zugeben, dass mir selbst auch immer flauer im Magen wurde. Was konnte nicht alles passieren, wenn wir trotz aller Umsicht erwischt würden! »Aber, lieber Watson«, sagte ich,

»Sie müssen doch einsehen, dass wir nicht tatenlos zusehen können, wie sich dunkle Mächte in unserer Stadt ausbreiten, nicht wahr?« Watson sah das ein. Er ließ sich resigniert im Wasser treiben. »Es wird schon alles gut gehen. In ein paar Stunden sind wir sicher längst wieder wohlbehalten zurück.«

Ehrlich gesagt, sprach ich eher mir selbst Mut zu als Dr. Watson. Ich hoffte sehr, dass wir wirklich gesund und munter nach Hause zurückkehren würden. Watson hoffte das auch. Ich sah Luftblasen aufsteigen. *Passen Sie gut auf sich auf, Miss Lucy*, hörte ich Watsons Stimme in meinem Kopf.

»Ich werde es versuchen, Watson«, versprach ich.

Und mit diesem Gedanken schlief ich ein.

20. Augen in der Hand

Als der Wecker klingelte, war ich sofort hellwach. »Tina«, flüsterte ich und rüttelte an ihrer Schulter. »Es ist so weit!«

Tina brauchte eine Weile, bis sie sich aufrichtete. »Oh Mann«, sagte sie. »Mir ist jetzt richtig schlecht. Ich hab so eine Angst, Lucy! Hoffentlich geht alles gut! Was ist, wenn deine Eltern noch mal nach uns sehen wollen und merken, dass unsere Betten leer sind?«

»Ach was«, sagte ich. »Die schauen nicht mehr rein. Sie wollen uns bestimmt nicht wecken. Und wenn doch, werden sie denken, wir schlafen selig in unseren Kissen.«

Ich formte unsere Bettdecken so, dass man denken konnte, zwei Kinder schliefen darunter. (Manchmal ist ein großer Bruder nützlich, vor allem wenn man solche Tricks von ihm lernen kann.)

»Und wie kommen wir aus dem Haus?«, fragte Tina. Meine Eltern saßen noch unten im Wohnzimmer und sahen fern. Vorbeischleichen war zu gefährlich.

»Kein Problem«, sagte ich. Ich wusste, dass Jeremy samstags mit seinen Freunden unterwegs war und erst sehr spät nach Hause kommen würde. Ich hatte mir also überlegt, durch sein Zimmer das Haus zu verlassen. Wir konnten einfach mithilfe eines an der Heizung befestigten Bettlakens aus seinem Fenster nach unten in den Garten klettern. Dass sein Fenster offen stand, würde niemand bemerken. Wir waren wahrscheinlich früher als Jeremy wieder zurück und konnten ins Haus klettern und die Spuren unseres nächtlichen Ausbruchs beseitigen, bevor er wieder zu Hause war. Und dass Tim uns entdecken würde, war auch nicht zu befürchten. Er übernachtete heute praktischerweise bei Evan.

Jetzt packte auch mich die Aufregung, aber alles klappte wie am Schnürchen. Kurz vor zwölf huschten Tina und ich durch unseren Garten zur Straße und machten uns auf den Weg zum Treffpunkt. Jenny wartete dort schon auf uns, und wir gingen zu dritt weiter.

Wir kannten den Weg zum Haus der Burrows ja schon, aber im Dunkeln wirkte er noch einmal ganz anders. Jetzt, wo alles still war und nur ein wenig Mondlicht die Straßen erleuchtete, war mir noch unheimlicher zumute als beim letzten Mal. Ein Schatten huschte an uns vorbei. Wir schrien auf und klammerten uns aneinander fest, aber es war nur eine gewöhnliche Hauskatze auf ihrem nächtlichen Spaziergang. Sie sah uns erstaunt an und verschwand in einem Gebüsch.

»Was, wenn Cleo auch nachts spioniert?«, fragte Tina.

Dieser Gedanke war mir auch schon gekommen.

»Wir müssen so vorsichtig wie möglich sein. Falls Cleo uns wirklich beobachtet und Mr Burrow ihre Augen benutzt, müssen wir einfach hoffen, dass wir notfalls schnell genug weglaufen können.«

Jenny und Tina sahen nicht sehr beruhigt aus. Aber es war nun mal eine Tatsache, dass wir zwar in ein magisches Abenteuer geraten waren, aber leider nicht selbst über Zauberkräfte verfügten. Weglaufen war da unsere einzige Chance.

Als wir uns dem Grundstück der Burrows näherten, schlug mein Herz schneller. Auch hier wirkte im Dunkeln alles noch düsterer als tagsüber: Das Tor mit seinen grauen Säulen sah massiver und beeindruckender aus, und das Haus kam mir vor wie ein riesiges, dunkles Monster, das in der Dunkelheit lauerte, um jeden Eindringling zu verschlingen.

»Gruselig«, flüsterte Jenny.

»Zum Spionieren ist die Dunkelheit perfekt«, sagte ich. »Dann kann uns wenigstens keiner so leicht entdecken.«

»Schon«, erwiderte Jenny. »Nur sehen *wir* leider auch nichts, wenn keiner zu Hause ist.«

Ich hoffte, dass sie unrecht hatte und die Burrows doch zu Hause waren.
»Also«, schärfte ich Tina ein, die am Gartentor Schmiere stehen sollte. »Wenn irgendwer kommt, mach den Käuzchenruf, okay?«
»Alles klar«, sagte Tina. Sie wickelte sich fester in ihre dunkle Jacke und postierte sich so nah an einem Strauch, dass sie nicht auf den ersten Blick von vorbeieilenden Passanten entdeckt werden konnte. »Viel Glück«, sagte sie und drückte ihre Daumen. »Und seid bloß vorsichtig! Ich will nicht mein Leben lang mit zwei Kröten befreundet sein, nur weil ihr euch habt erwischen lassen und verzaubert worden seid!«
»Haha«, machte Jenny und lachte gezwungen.
Wir winkten Tina noch einmal zu und schlichen dann über die Wiese zur rechten Seite des Hauses, wo das Fenster zum Arbeitszimmer liegen musste.
Alle Fenster waren mit Fensterläden verschlossen und dunkel, aber durch eines sah man etwas Licht fallen. Es war tatsächlich das Fenster des Arbeitszimmers! Ich war erleichtert, aber das Fenster war leider ziemlich hoch über dem Boden, sodass wir nicht einfach so hineinschauen konnten. Ein kleiner Vorsprung lief um das Haus herum. Vielleicht konnte ich ihn erreichen, wenn Jenny mir half.
»Hier«, flüsterte ich. »Lass mich mal hochsteigen!«
Jenny stellte sich direkt unter das Fenster und machte

eine Räuberleiter. Ich musste mich am Fensterbrett festhalten und hochziehen. Es dauerte etwas, bis ich mit den Füßen Halt auf dem Vorsprung gefunden hatte. Der Vorsprung war ziemlich schmal, und ich musste ordentlich balancieren, um nicht herunterzufallen, aber irgendwie ging es. Ich hielt mich an der Vorrichtung fest, die am Fenster angebracht war und in der im Sommer wahrscheinlich Blumenkästen standen.

Dann wollte ich durch die Schlitze in den Läden ins Zimmer schauen, aber das funktionierte leider nicht: Die Läden hatten nämlich feste Lamellen aus Holz, die man nicht bewegen konnte und die nach unten gerichtet waren.

»Mist«, fluchte ich leise. Ich rutschte mit einem Fuß vom Vorsprung ab, landete aber auf Jennys Schulter und konnte mich wieder fangen.

»Aua!«, entfuhr es Jenny.

Mir gefror das Blut in den Adern.

»Pscht«, zischte ich.

Wenn uns die Burrows hörten und die Läden öffneten, um nach draußen zu schauen, waren wir geliefert. Selbst wenn wir schnell genug weglaufen konnten, bevor die Burrows rausgerannt kamen, hätten sie uns längst erkannt. Das wollte ich auf keinen Fall riskieren.

Ich sah mir die Läden noch einmal genauer an und

entdeckte, dass dort, wo sie in der Mitte zusammenstießen, auf etwa halber Höhe ein kleines Stück Holz herausgebrochen war. Die Öffnung war gerade groß genug, dass ich hindurchschauen konnte. Zwar nur mit einem Auge, aber immerhin.

Ich legte meine Stirn so an den Laden, dass mein rechtes Auge direkt über der freien Stelle lag. Jetzt konnte ich genau in die Mitte des Raumes sehen. Dort stand ein großer, breiter Tisch aus dunklem Holz. Auf dem Tisch standen viele Schälchen voller Edelsteine, nach Sorten getrennt. In einer Schüssel lagen Amethyste, in einer anderen Bergkristalle, in einer weiteren Rosenquarze, und außerdem gab es noch Achate und viele andere Sorten. Und dann sah ich Mr Burrow. Er saß am Tisch und blätterte in einem dicken Buch, das sehr alt aussah. Vor ihm lagen einige Edelsteine in verschiedenen Farben auf einer Unterlage. Daneben türmte sich ein Häufchen Pulver vor einer riesigen Waage aus Messing mit zwei großen Waagschalen. Die Waage sah, genau wie das Buch, sehr alt aus. Die Waagen, die wir zu Hause benutzten, waren neu, und man konnte auf einer Digitalanzeige das Gewicht ablesen. Diese hier hatte so etwas wohl nicht. Wenn man etwas abwiegen wollte, musste man auf der anderen Seite ein Gegengewicht drauflegen. So eine Waage war eine richtige Antiquität. Das wusste ich, weil wir eine ähnliche im Wohnzimmerschrank stehen hatten, sie war nur etwas kleiner. Es war ein Erbstück von meiner Oma.

»Was siehst du denn?«, fragte Jenny.

Ich bedeutete Jenny mit der Hand, still zu sein.

Violas Vater legte das Buch zur Seite und nahm einen Rosenquarz aus einer Schüssel. Er legte ihn vor sich ab und begann, ihn mit einem Mörser zu zerstoßen. Ich kenne mich ja ganz gut mit Edelsteinen aus und weiß, dass man aus Quarzpulver Glas und Porzellan herstellen kann. Aber so etwas wurde normalerweise von Maschinen erledigt, von Hand war das viel zu mühsam und dauerte bestimmt ewig. Ich beobachtete, wie Mr Burrow einen Löffel von dem Pulverhäufchen nahm und auf der altmodischen Waage abwog. Er nahm wieder etwas von dem Quarzsand weg und schüttete ein bisschen von einem anderen Pulver hinzu. Dazwischen schlug er immer wieder in dem Buch nach.

Mittlerweile war ich mir ziemlich sicher, dass es sich bei dem Buch um eine Art Rezeptbuch für magische Augen handelte. Natürlich konnte es rein theoretisch eine andere Erklärung für das geben, was ich hier sah. Aber Violas und Cleos Augen konnten nur magische Augen sein, und natürlich musste der Clan sie selbst herstellen. Wo sonst sollte man magische Augen herbekommen?

Mir wurde abwechselnd heiß und kalt. Ich dachte

kurz daran, was geschehen würde, wenn die Burrows Vorsorge getroffen hatten, ihr Haus nachts zu schützen. Was, wenn Cleo durch den Garten streifte? Aber ich konnte den Blick einfach nicht abwenden und musste sehen, was in Mr Burrows Arbeitszimmer vor sich ging.

Gerade schüttete Mr Burrow den Inhalt der Waagschalen zusammen in eine größere Schüssel und kippte eine Flüssigkeit aus einer grünen Glasflasche dazu. Dann stand er auf, nahm die Schüssel in die Hand und ging zur gegenüberliegenden Wand. Mist, jetzt konnte ich nicht mehr sehen, was er tat! Ich wartete noch ein bisschen, aber Mr Burrow kam nicht zurück.

»Sag schon, was passiert da drin?«, flüsterte Jenny.

In dem Moment sah ich Mr Burrow wieder ins Bild kommen. Er hielt immer noch die Schüssel in der Hand, in der nun zwei graue Kugeln lagen.

Er öffnete die Tür zum Flur und ging hinaus.

Ich stieg vorsichtig vom Vorsprung herab. Jenny sah mich fragend an. Ich machte ihr ein Zeichen, dass ich ihr gleich alles erzählen würde, wenn wir erst mal hier weg waren. Sie wollte schon Richtung Tor gehen, aber ich hielt sie am Ärmel zurück.

»Warte«, flüsterte ich. »Mr Burrow hat gerade den Raum verlassen. Lass uns schauen, ob noch wo ein Licht brennt! Irgendwo wird er ja hingehen.«

Jenny sah nicht sehr begeistert aus. »Ich hab echt

Angst, dass die verrückten Burrows uns erwischen«, sagte sie. »Außerdem ist mir eiskalt.«
»Aber jetzt sind wir hier«, gab ich zu bedenken. »Wir wollten doch so viel wie möglich herausfinden!«
Jenny nickte. »Okay«, sagte sie. »Aber sei bloß vorsichtig!«
Wir machten uns also auf den Weg ums Haus herum. Hier wurde der Garten noch wilder, und das war gar nicht schlecht, denn so konnte man uns nicht gleich von drinnen erkennen. Hier auf der hinteren Seite des Hauses waren die Läden nämlich nicht geschlossen.
Aus einem der unteren Fenster fiel ein Lichtstrahl in den Garten. Leider war hier einiges Gestrüpp, sodass Jenny sich nicht gut unter das Fenster stellen konnte, um mich hinaufklettern zu lassen. Aber dafür gab es einen großen Ahornbaum, dessen Äste bis an die Hauswand ragten. Sie sahen stabil genug aus, mich zu tragen. Ich machte Jenny ein Zeichen, dass ich auf den Baum klettern und von dort aus durchs Fenster schauen wollte. Jenny guckte etwas skeptisch, aber sie sagte nichts. Auf Bäume klettern konnten wir Kinder von Stonehill, der Ort war ja voll davon, und man konnte herrlich in ihnen spielen. Wir hatten im letzten Sommer sogar Baumhäuser gebaut. Aber jetzt war Winter, und die Äste waren kahl, ich musste also gut aufpassen, dass man mich nicht sah.
Jenny half mir beim Aufsteigen. Dann verzog sie sich

etwas weiter nach hinten an den Rand des Gartens und versteckte sich in einem Busch. Ich suchte mir den stärksten Ast aus, der Richtung Hauswand wuchs, und kletterte vorsichtig vorwärts. Ich kam zwar nicht allzu nahe ans Haus heran, weil ich nicht bis an die äußerste Spitze klettern wollte, aber dafür saß ich nun hoch genug, um durchs Fenster ins Wohnzimmer schauen zu können. Ich konnte Violas Großmutter erkennen, die in einem der Sessel saß und fernsah. Violas Opa schaukelte im Schaukelstuhl vor sich hin. Ich konnte ihn nur von der Seite sehen, aber ich erkannte ihn ganz deutlich an seinen weißen Haaren, den spitzen Knien in den weiten Hosen und den knochigen Händen, die auf den Lehnen ruhten. Ich musste wieder an seine milchigen Augen denken. Sie waren so trüb gewesen. Wie konnte er bloß damit sehen?
Mr Burrow stand neben ihm und hielt die Kugeln in der Hand, die eben noch in der Schüssel gelegen hatten. Als Licht darauf fiel, funkelten sie in vielen bunten Farben. Mein Herz klopfte. Waren das etwa magische Augen? In der Sage hatte etwas von Edelsteinen gestanden, die man sich in die Augenhöhlen einsetzte, und diese Kugeln hier hatten die Größe von Augäpfeln, und sie leuchteten genau so, wie Violas Augen auf dem Leuchtturm ausgesehen hatten. Aber Viola hatte doch richtige Augen und keine Glaskugeln im Kopf! Oder etwa doch? Tausend Bilder flogen an mir vor-

bei. Und dann dachte ich, mich trifft der Schlag: Violas Opa griff sich mit beiden Händen ins Gesicht, und bevor ich mich noch fragen konnte, was er da tat – er hatte keine Brille auf, die er hätte absetzen können –, sah ich, dass er die Hände zu seinen Augen führte und nach den Augäpfeln griff! Mein Herzschlag setzte einen Moment aus. Das konnte nicht wahr sein! Ich war so starr vor Schreck, dass ich nicht wegschauen konnte. Mir wurde schlecht, und ich musste mich zusammenreißen, um nicht laut aufzuschreien. Dann legte er etwas in die Schüssel – waren das seine richtigen Augen? Wie konnte das sein? – und nahm Violas Vater die Glaskugeln aus der Hand. Mit einem geschickten Schwung setzte er die Kugeln an seine Augenhöhlen, drückte einmal fest, und die Kugeln sprangen hinein. Anschließend betrachtete er sich zufrieden im Handspiegel, den Violas Vater ihm hinhielt. Durch den schrägen Winkel konnte ich vage sein Gesicht darin erkennen. Dort, wo vorher seine trüben Augen gewesen waren, leuchteten nun zwei eisgraue Kugeln aus Glas. Sie hatten sogar Pupillen!

Meine Hände zitterten so sehr, dass ich mich kaum auf dem Ast halten konnte. Mich packte das kalte Grausen. *Weg hier, nichts wie weg!*

Ich robbte so schnell zurück, wie ich konnte, und da geschah es: Ich verlor das Gleichgewicht und rutschte vom Ast. Ich konnte mich nicht mehr abfangen und landete zwar einigermaßen weich im Gestrüpp, aber das Geräusch des Aufpralls war so laut, dass die Burrows es einfach gehört haben *mussten*! Ich geriet in Panik und kämpfte mich, so schnell ich nur konnte, aus den struppigen Büschen heraus.

»Weg!«, rief ich Jenny zu. Sie kapierte sofort, und wir rannten beide los wie von der Tarantel gestochen. Wenn Mr Burrow uns erwischte, waren wir verloren! Wir rannten und rannten und rannten, ohne uns auch nur einmal umzudrehen, über die Wiese durchs Tor und auf die Straße hinaus. Tina hatte uns wohl gehört, sie stand gut sichtbar auf dem Gehweg.

»Was ist passiert?«, fragte sie erschrocken.

Ich sah mich in wilder Panik um. »Hierher!«, rief ich mit unterdrückter Stimme. Ich sprang durch das Gartentor des Nachbarhauses, das halb offen stand, und ließ mich hinter die Hecke fallen. Die beiden anderen taten es mir gleich, und wir blieben zusammengekauert auf dem Boden sitzen, bis wir uns etwas beruhigt hatten.

Ich schob ein paar widerborstige Zweige auseinander, um durch die Hecke auf den Gehweg sehen zu können. Was, wenn die Burrows uns erkannt hatten? Verfolgt hatten sie uns jedenfalls nicht. Verfolger hätten wir gehört, und sie hätten auch längst auf der Straße angekommen sein müssen.

»Was ist denn passiert?«, fragte Tina erneut nach

einer Weile, als wir sicher sein konnten, dass die Luft rein war.
»Ihr werdet nicht glauben, was ich gesehen habe«, flüsterte ich. »Es war so gruselig! Violas Opa hat magische Augen aus Glas!«
Jenny und Tina starrten mich fassungslos an.
Und genau in diesem Moment hörten wir Schritte.

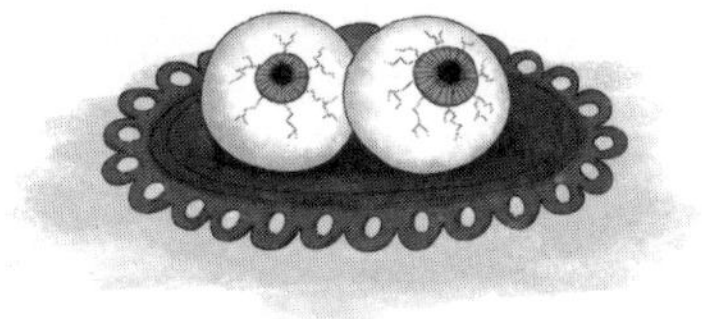

21. Des Rätsels Lösung

Ich wagte kaum zu atmen. Wenn die Burrows uns doch verfolgt hatten und hier hinter der Hecke entdeckten, konnten wir uns gleich voneinander verabschieden. Jenny, Tina und ich sahen uns verzweifelt an.

Aber dann fiel mir auf, dass die Schritte aus der falschen Richtung kamen. Das Haus der Burrows lag zu unserer Linken, die Schritte kamen jedoch von rechts. Außerdem waren es langsame Schritte, keine schnellen von Verfolgern. Vermutlich waren es bloß irgendwelche Leute, die von irgendwoher kamen und nach Hause gingen oder einfach einen Nachtspaziergang machten.

Ich spähte durch die Hecke auf den Gehweg und sah, dass sich offenbar zwei Kinder näherten: Ich konnte zwar nur die untere Hälfte sehen, aber der Schuhgröße nach zu urteilen, waren sie in unserem Alter. Jetzt waren sie so nahe, dass wir sie reden hören konnten.

»Hoffentlich sieht uns keiner«, sagte der eine. »Sonst sind wir geliefert.«

Ich kippte fast aus den Socken. Die Stimme kannte ich doch! Das war eindeutig mein Zwillingsbruder Tim!

»Auf jeden Fall«, sagte der andere.

Evan Carter!

Ohne weiter nachzudenken, sprang ich auf und rief: »Was macht *IHR* denn hier?«

Die beiden Jungs machten einen Satz zur Seite und starrten mich völlig entsetzt an.

»Lucy?«, stammelte Tim fassungslos.

Jetzt kamen auch Jenny und Tina aus dem Gebüsch hervor, und Tim sprang fast auf Evan drauf. »Heilige Scheiße!«, brüllte er.

»Pscht!«, zischte Tina. »Wollt ihr die ganze Straße aufwecken?«

Tim und Evan sahen aus, als wäre ihnen gerade ein Gespenst begegnet. Oder besser gesagt, drei.

»Was macht ihr denn hier?«, stotterte Evan.

Eigentlich hatte ich das ja die Jungs gefragt, aber es war nicht allzu schwer zu erahnen, was *sie* hier wollten: Evan hatte eine langstielige Rose in der Hand, die er jetzt schnell hinter seinem Rücken versteckte. Tim versuchte, unauffällig einen lila Briefumschlag in seine Jackentasche zu schieben, und wurde puterrot, als er meinen Blick bemerkte.

»Ich glaub's ja nicht«, prustete ich los. »Ihr bringt Viola Liebesgeschenke!«

Jenny, Tina und ich gackerten los. Es tat gut, die Anspannung von vorhin loszuwerden, und die Jungs sahen nun wirklich zu lustig aus, mit ihren dämlichen Gesichtsausdrücken.

»Ach, Quatsch«, fauchte Evan, aber er wusste genauso gut wie wir, dass leugnen zwecklos war. Die Beweise waren zu erdrückend.

»Ihr seid wirklich alle in Viola verknallt«, sagte Jenny und schüttelte den Kopf.

»Selbst wenn«, sagte Tim trotzig. »Geht euch doch gar nichts an.«

»Genau«, sagte Evan. »Was macht *ihr* denn eigentlich hier?«

Jenny, Tina und ich warfen uns ratlose Blicke zu.

»Ach, erzählen wir es ihnen einfach«, sagte ich. »Wir können jede Hilfe gebrauchen.«

»Je mehr wir sind, desto besser«, meinte Jenny.

Tina nickte zustimmend. Tim und Evan sahen uns neugierig an.

»Wir haben bei den Burrows spioniert«, sagte ich also. »Weil sie ein Geheimnis haben und wir es mit eigenen Augen sehen wollten.«

»Was denn für ein Geheimnis?«, fragte Tim.

»Ja, was denn für ein Geheimnis?«, echote Evan.

»Wir sind einer ziemlich großen Sache auf der Spur«, erklärte ich. »Aber ich glaube, das hier ist nicht der richtige Ort, um euch alles zu erzählen.« Mir wurde gerade wieder bewusst, dass wir mitten auf der Straße in der Nähe des Burrow-Hauses standen und dass man uns in der Nachtstille vielleicht hören konnte. Und ich hatte absolut keine Lust, länger als nötig in der Nähe der Burrows zu bleiben.

»Lasst uns zum Spielplatz gehen«, schlug ich vor. »Dort können wir euch alles in Ruhe erzählen!« Nach Hause konnten wir ja schlecht alle miteinander, und auf dem Spielplatz würde um diese Zeit kaum jemand sein.

»Okay«, sagte Evan, aber er blieb stehen und schien auf etwas zu warten.

»Oh, du liebe Güte«, stöhnte Tina und rollte mit den Augen. »Ihr wollt eure Geschenke noch loswerden? Nur zu, wenn ihr euch verfluchen lassen wollt ...«

Tim und Evan sahen uns unsicher an.

»Ich kann euch nur raten, da nicht freiwillig hinzugehen«, sagte ich. »Hört euch unsere Geschichte lieber erst mal an. Wenn ihr dann immer noch Viola bezirzen wollt, bitte schön!«

»Okay«, sagte Tim. »Aber es ist besser eine wirklich gute Geschichte.«

Jenny stieß Luft aus. »Wart's nur ab«, sagte sie.

»Wenn wir schon dabei sind, können wir auch gleich Owen und Annie dazuholen!«, schlug Tina vor.

Das war nur logisch. Wir Kinder aus der Maple Street mussten jetzt alle zusammen an die Sache herange-

hen. Wir machten ja auch sonst alles gemeinsam, und in dieser Sache war Zusammenhalt wichtiger denn je!
»Aber es ist schon fast ein Uhr«, gab Jenny zu bedenken. »Wir können sie ja schlecht anrufen.«
»Kein Problem«, sagte Evan. »Wir gehen einfach bei ihnen vorbei und werfen Steinchen ans Fenster.«
Das war eine gute Idee, und so machten wir uns auf den Weg in die Maple Street.
Es klappte tatsächlich. Annie und Owen waren zwar ziemlich erstaunt, als sie aus ihren Fenstern schauten und uns unten im Garten stehen sahen, aber natürlich waren sie auch furchtbar neugierig und wollten unbedingt mitkommen zum Spielplatz. Sogar Annie, die eigentlich sonst eher ängstlich ist, zögerte keine Sekunde. Es sah aus wie eine Szene aus einem Gruselroman, als sie in ihrem weißen Rüschenrock am zusammengeknoteten Bettlaken zu uns herunterkletterte. Owen hingegen spazierte einfach aus der Haustür raus. Das war typisch Owen. Er war von uns allen der Unerschrockenste.
Der Spielplatz lag, wie wir es uns gedacht hatten, verlassen in der Dunkelheit. Mondlicht schien auf die Metallstangen der Karussells und Schaukeln, und die Wippe ragte wie ein riesiger Segelmast in den Nachthimmel.
Wir setzten uns auf die Holzumrandung des großen

Sandkastens. Da war gerade genug Platz für sieben Kinder, und wir konnten so zusammensitzen, dass wir nicht laut reden mussten. Es war zwar niemand zu sehen, aber man wusste ja nie. Vielleicht spionierte ja Cleo im ganzen Ort herum?

»Also«, sagte Evan, »was ist das jetzt für ein Geheimnis, von dem ihr da redet?«

Jenny, Tina und ich erzählten abwechselnd die ganze Geschichte. Wir begannen am Tag des Ausflugs nach Keyne Shore und ließen nichts aus. Die anderen hörten uns gebannt zu, und ihre Augen wurden immer größer.

Als wir zum heutigen Abend kamen, sahen mich Jenny und Tina genauso gespannt an wie die anderen. Sie wussten ja auch noch nicht richtig, was ich bei den Burrows gesehen hatte.

Während ich erzählte, sah ich noch mal all die gruseligen Dinge vor mir, die im Haus der Burrows passiert waren, und mir lief ein Schauer nach dem anderen über den Rücken. Als ich beschrieb, wie Violas Opa sich die Augen aus den Höhlen genommen hatte, rutschte Tim fast von der Bank, und ich erschrak durch seine unerwartete Bewegung so sehr, dass ich fast selbst heruntergerutscht wäre.

»Oh – mein – Gott«, flüsterte Annie Clover. Ihr Gesicht war genauso weiß wie ihr Rüschenrock.

»Das ist ja ganz und gar unglaublich«, sagte Owen.

Aber er glaubte es, und alle anderen glaubten es auch.
»Ich kapier das nicht«, meinte Evan. »Augen haben doch Sehnerven und sind mit dem Gehirn verbunden, die kann man doch nicht einfach rausnehmen!«
»Die Burrows haben *magische* Augen, keine echten«, entgegnete Tim. »Da kann man eben nicht alles erklären. Magische Augen funktionieren halt nicht wie normale.«
Tim hatte natürlich recht, aber die Vorstellung, dass ein Mensch seine Augen nach Belieben herausnehmen und neue einsetzen konnte, war einfach zu gruselig.
»Die Frage ist, was mit diesen magischen Augen alles möglich ist«, sagte Tina. »So wie es aussieht, kann man damit ja hellsehen. Und die Augen anderer Lebewesen mitbenutzen. Wer weiß, was man noch alles machen kann!«
»Bestimmt steht etwas darüber in dem alten Buch, das Mr Burrow hatte«, sagte Jenny. »Vermutlich ist das Buch schon immer im Besitz des Clans. Es wird sicher alles Wissen enthalten, das es über magische Augen gibt.«
»Wahnsinn«, flüsterte Evan. »Was sollen wir denn jetzt machen?«
»Na ja«, sagte Owen. »Ist doch klar: Wir müssen an das Buch herankommen. Wenn wir das haben, werden uns sogar die Erwachsenen glauben!«

Alle fingen an, wild durcheinanderzureden.
»Spinnst du?«, rief Jenny. »Hast du nicht gehört, was bei denen im Haus vor sich geht? Und wie Mr Burrow Lucy sogar aufgelauert hat? Glaubst du, wir können einfach da reinspazieren und das Buch holen?«
»Wir sind ziemlich viele«, sagte Evan. »Sieben, um genau zu sein. Wir könnten es schaffen.«
»Wenn überhaupt, würde das nur funktionieren, wenn keiner von den Burrows zu Hause ist. Und wann sollte das denn sein?«, fragte Tina.
Wir dachten darüber nach, und es war ausgerechnet Annie Clover, die auf die Lösung kam.
»Ja«, sagte sie. »Es gibt einen Zeitpunkt, an dem alle Burrows außer Haus sein werden.« Sie machte eine kleine Pause.
»Ja, wann denn?«, fragte Evan ungeduldig.
Annie sah uns triumphierend an. »Am Abend der Stadtfeier!«, sagte sie.
»Na klar!«, rief Owen und schlug sich mit der Hand vor die Stirn. »Du hast recht! Das ist *die* Gelegenheit!«
Sogar in der Dunkelheit konnte man sehen, dass Annie vor Stolz etwas rot wurde.
»Seid ihr komplett irre?«, fragte Jenny.
»Bis dahin sind es noch ein paar Wochen«, sagte Tim. »Wir können also etwas Gras über die Sache wachsen lassen, damit Mr Burrow glaubt, wir haben aufgege-

ben. Und in der Zwischenzeit können wir den Einbruch gut vorbereiten, damit wir nicht erwischt werden.«

»Aber was machen wir mit Cleo?«, fragte ich. »Die Burrows lassen sie garantiert zur Sicherheit zu Hause, damit Mr Burrow immer mal wieder nach dem Rechten sehen kann.«

»Wenn er auf der Stadtfeier ist, wird er kaum Zeit dazu haben«, entgegnete Owen. »Er wird wohl nicht riskieren wollen, dass irgendwer merkt, was mit seinen Augen los ist, oder?«

»Aber glaubt ihr wirklich, die Burrows lassen alles unbewacht, wenn sie doch wissen, dass wir irgendwas ahnen?«, sagte ich.

»Na ja«, warf Evan ein. »Es ist eine Sache, dich beim Schnüffeln zu entdecken, wenn du Viola besuchst. Aber Mr Burrow traut dir garantiert keinen Einbruch zu. Schon gar nicht, nachdem er dich bedroht hat. Und dass ihr heute spioniert habt, weiß er garantiert nicht. Der hätte euch doch nie im Leben einfach so davonlaufen lassen!«

Ich war mir da nicht so sicher. Aber andererseits hatten die anderen recht: Mr Burrow würde wohl kaum ständig durch Cleos Augen schauen können, wenn er auf einer Bühne stand. Und wenn die Burrows solche Möglichkeiten hatten, hatten sie bestimmt auch tausend andere, um ihr Hab und Gut zu schützen. Wir mussten uns einfach entscheiden, ob wir das Risiko eingehen wollten, vielleicht entdeckt zu werden, oder eben nicht.

»Wir sollten uns morgen noch mal treffen und weiterüberlegen«, schlug Tina vor. »Es gibt noch eine Menge zu besprechen, und jetzt wird mir kalt.«

Ich merkte, dass auch ich fror und ziemlich müde war, und den anderen ging es ähnlich.

»Solche Entscheidungen sollte man ohnehin nicht übers Knie brechen«, warf Annie Clover ein.

Wir verabredeten uns also für den nächsten Tag bei Tim und mir zu Hause und machten uns gemeinsam auf den Heimweg.

Zum Glück war Jeremy noch nicht zurück, und Tina, Tim und ich konnten problemlos durch sein Fenster einsteigen.

»Oh Mann«, seufzte Tina, als wir endlich in unseren Betten lagen. »Wenn das mal gut geht!«

Wir steckten jetzt mittendrin in einer Sache, die viel gefährlicher war, als wir geahnt hatten.

Selbst als Tina tief und fest schlief, konnte ich noch lange nicht einschlafen. Immer wieder ging mir durch den Kopf, was ich im Haus der Burrows gesehen hatte.

»Watson«, flüsterte ich. »Sind Sie noch wach?«

Im Mondlicht, das durch die Vorhänge Watsons Goldfischglas auf meinem Nachttisch erhellte, sah ich eine Bewegung. Watson stieg langsam im Wasser nach oben. Er hatte wohl geschlafen, denn dann döst er immer ganz unten im Glas vor sich hin. »Entschuldigen Sie bitte die Störung«, flüsterte ich. »Es ist nur ... ich kann nicht schlafen. Es war so unheimlich, das mit den Augen von Violas Opa ...« Watson sah mich fragend an. »Es ist eine wirklich sehr unheimliche Geschichte, Watson«, sagte ich. »Sind Sie bereit für die gruseligste Story, die Sie je gehört haben?« Watson bewegte seine Schwanzflosse. »Also gut«, sagte ich.

Und dann erzählte ich Watson, was ich im Haus der Burrows gesehen hatte. Als ich zu der Stelle kam, an der Violas Opa sich die Edelsteinaugen eingesetzt hatte, stiegen Luftblasen über Watson auf. »Oh ja, Watson«, sagte ich. »Oh ja. Genauso ging es mir auch.« Eine Weile hing jeder seinen eigenen Gedanken nach. Dann seufzte ich und fragte: »Was sollen wir tun, Watson? Dem Geheimnis auf den Grund gehen, auch wenn es bedeutet, vielleicht von den Burrows erwischt zu werden? Wir können doch nicht tatenlos zusehen, wie die Burrows andere Menschen ohne deren Wissen beobachten können, oder? Wer weiß, zu welchen Zwecken sie ihre Möglichkeiten einsetzen wollen!« Watson bewegte sich nicht und schaute nachdenklich durch das Glas.

Das ist wahrhaftig keine leichte Entscheidung, hörte ich Watsons Stimme in meinem Kopf. *Und es ist spät. Zu spät für solch schwierige Fragen. Wir sollten besser versuchen zu schlafen. Vielleicht fällt uns morgen mehr ein.* Watson ließ sich langsam auf den Boden des Glases sinken. Ein paar letzte Luftblasen stiegen nach oben. Ich lächelte. »Schlafen Sie ebenfalls gut, Watson«, murmelte ich. »Gute Nacht!«

22. Ruhe vor dem Sturm

Es waren nur noch zwei Wochen bis zum großen Tag. Wir Kinder aus der Maple Street hatten nun beschlossen, bei den Burrows nach Beweisen für unsere Theorie zu suchen, und wurden immer nervöser. Wir mussten alles sorgfältig planen, um das Risiko, entdeckt zu werden, so gering wie möglich zu halten. Unseren Eltern fiel zum Glück nicht auf, dass wir uns noch öfter trafen als sonst und offensichtlich irgendetwas ausheckten. Sie waren selbst viel zu beschäftigt mit den Vorbereitungen für das große Fest.
Ganz Stonehill war im Ausnahmezustand. Überall hörte man die Erwachsenen nur über ein Thema reden: die Stadtfeier. Die Zeitung schrieb einen Wettbewerb für den schönsten Entwurf eines Stadtwappens aus, von meinen Eltern wusste ich, dass die Politiker heftig darüber stritten, wo das neue Museum gebaut werden sollte, und überall hingen Plakate, die die Stadtfeier ankündigten. Das Beste fanden wir Kinder aber eindeutig die Sache mit den Brötchen: In den Bä-

ckereien gab es keine gewöhnlichen hellbraunen runden Brötchen mehr, sondern nur noch welche, die geformt waren wie geschliffene Juwelen. Und sie waren mit Lebensmittelfarbe bunt wie Edelsteine eingefärbt. Mama fand die bunten Brötchen eklig, aber Tim und ich redeten so lange auf sie ein, bis sie sie schließlich doch kaufte. Ich fand, dass mein lila Brötchen mit dem gelben Ahornsirup darauf super aussah, nur Tims grünes Brötchen sah nicht wirklich appetitlich aus.

Natürlich gab es auch in der Schule kein anderes Thema mehr. Eines Morgens hielt unser Direktor, Mr O'Neill, eine Rede in der Schulaula. Er begann mit der ersten Erwähnung Stonehills in irgendwelchen Geschichtsbüchern und erzählte, dass die ersten Einwohner Iren gewesen seien.

»Der meint wohl eher, dass sie heute hier alle *irre* sind«, flüsterte Steve Warren mir ins Ohr. Dann hörten wir nicht mehr zu, was der Direktor sagte, weil Steve ein neues Spiel auf dem Handy hatte und wir uns mit dem Spielen abwechselten.

Plötzlich gab es ein lautes *Rums*. Jimmy Woods war eingeschlafen und von seinem Stuhl auf den Boden gerutscht. Wir lachten uns halb tot, und der Direktor lief rot an. »Ich glaube … äh … ich habe etwas die Zeit vergessen«, sagte er, faltete seinen Zettel zusammen und verschwand von der Bühne.

Sogar Marshie sah aus, als müsste sie ein Lachen unterdrücken, denn sie bekam einen Hustenanfall. Ich fragte mich immer noch, ob Marshie etwas mit dem Geheimnis der Burrows zu tun hatte, aber so langsam war ich mir da nicht mehr sicher. Viola verhielt sich auch wie immer. Wahrscheinlich wusste sie gar nichts davon, dass ihr Vater mir gedroht hatte, meine Nase aus ihren Angelegenheiten rauszuhalten. Aber natürlich fühlte ich mich in ihrer Gegenwart trotzdem unwohl. Ich traute mich nicht mal mehr so richtig, ihr in die Augen zu sehen. Seit ich gesehen hatte, wie sich Violas Opa die Edelsteinaugen eingesetzt hatte, war ich überzeugt davon, dass alle Burrows solche Augen hatten. Und das war ein so gruseliger Gedanke, dass ich nicht mehr unbefangen mit Viola umgehen konnte.

Tina, Jenny und ich mussten uns ja noch einmal mit ihr treffen, um die Collage fertigzustellen, und den ganzen Nachmittag über war die Stimmung etwas angespannt. Diesmal hatten wir uns bei Jenny getroffen, und natürlich hatte Viola, wie immer, Cleo mitgebracht. Ich passte wahnsinnig auf, nur ja nichts Falsches in ihrer Nähe zu sagen oder zu tun. Außerdem vermied ich es, ihr in die Augen zu sehen. Trotzdem wurde ich den Eindruck nicht los, dass Cleo mir gegenüber ganz besonders misstrauisch war. Mittlerweile war ich auch überzeugt davon, dass sie damals den Smaragdring meiner Mutter gestohlen hatte. Entweder hatte sie ihn gefressen oder im Maul behalten, bis sie wieder zu Hause waren. Vielleicht hatte Mr Burrow ja gerade einen Smaragd für eine neue Edelsteinaugen-Mischung gebraucht? Es war einfach unvorstellbar, aber es fügte sich nach und nach alles zusammen wie bei einem Puzzle.

Ich war froh, als endlich die Weihnachtsferien begannen. Mir wurde zwar immer mulmiger zumute, je näher der große Tag rückte, aber wir mussten an das Buch der Burrows kommen, koste es, was es wolle.
Die Tage zwischen Weihnachten und Neujahr flossen in diesem Jahr so zäh dahin wie Ahornsirup, wie immer, wenn man ungeduldig auf etwas wartet. Aber dann war es irgendwann schließlich doch so weit: Am nächsten Tag sollte die große Feier stattfinden – und damit auch unser Einbruch bei den Burrows.
Jenny, Tina, Annie, Owen, Evan, Tim und ich hatten uns bei Tina versammelt, um alles noch einmal durchzusprechen. Wir mussten nicht befürchten, dass uns jemand belauschte: Tinas Eltern waren in die nächste Großstadt gefahren, um noch die letzten Besorgungen für die Feier zu machen, und das war ein richtiger Tagesausflug.
»Also«, wiederholte Tina. »Wir alle sagen unseren Eltern, dass wir nicht mit zur Feier gehen, weil Annie krank ist und sie uns leidtut, wenn sie als Einzige von

uns nicht hinkann. Und dass wir Annie deshalb Gesellschaft leisten.«
Wir nickten. Das war zwar keine besonders originelle Ausrede, warum keiner von uns mit zur Feier gehen wollte, aber etwas Besseres war uns nicht eingefallen. Annie sollte morgen früh so tun, als ob sie Bauchweh hätte, und dann wollten wir alle ganz mitleidig tun und unsere Eltern bitten, doch abends bei Annie bleiben zu dürfen.
Unsere Wahl war auf Annie gefallen, weil sie einen Uropa hatte, der bei ihr zu Hause wohnte und der zu alt war, um zur Feier mitgehen zu können. Und für unsere Eltern konnte es entscheidend sein, dass ein Erwachsener im Haus sein würde.
»Ich hoffe so sehr, dass das klappt«, sagte Jenny. »Wenn unsere Eltern denken, dass Annie etwas Ansteckendes hat, dürfen wir vielleicht nicht hin.«
»Ich sage einfach, dass ich zu viel Süßes gegessen habe«, sagte Annie und lächelte. »Das glauben mir meine Eltern auf jeden Fall, und ansteckend ist es auch nicht.«
»Außerdem denke ich nicht, dass sie lange versuchen werden, uns zum Mitkommen zu überreden«, sagte ich. »Die Erwachsenen sind doch seit Wochen total durch den Wind wegen der Stadtfeier, und sie wollen bestimmt nicht zu spät dort auftauchen, nur weil wir nicht mitwollen.«

Wir hatten uns zur Sicherheit einen Plan B überlegt: Falls unsere Eltern unerwartet doch Stress machen würden, wollten wir eben notfalls für eine Weile zum Fest mitgehen und dann quengeln, dass uns langweilig war. Wenn wir ihnen nur lange genug auf die Nerven gingen, würden sie uns bestimmt irgendwann doch nach Hause lassen.

So oder so wollten wir uns, wenn die Feier begonnen hatte, auf den Weg zu den Burrows machen. Da die Burrows die Ehrengäste der Feier waren, konnten wir sicher sein, dass niemand von ihnen im Haus sein würde und sie auch bestimmt nicht allzu früh zurückkommen würden. Wir wollten Evans Fotoapparat mitnehmen, um Fotos von dem Buch aus Mr Burrows Arbeitszimmer zu machen. Wir hatten uns nämlich überlegt, dass es vielleicht doch keine gute Idee sein würde, das Buch mitzunehmen. Violas Vater würde garantiert sofort vermuten, dass wir dahintersteckten. Und wenn es wirklich das Geheimnis der magischen Augen war, das in dem Buch stand, würde er alles daransetzen, es zurückzubekommen. Ich wollte gar nicht erst daran denken, was er tun würde, um sicher zu sein, dass wir nichts von dem verraten konnten, was wir wussten.

Mir wurde wieder flau im Magen, aber wir waren schließlich zu siebt und hatten alles gut durchdacht: Zwei von uns sollten am Tor der Burrows Wache halten, zwei weitere durch den Garten patrouillieren, und drei sollten versuchen, ins Haus zu kommen. Das war der schwierigste Teil von allem. Wir hatten lange überlegt, wie wir das anstellen sollten. Die Burrows würden wohl kaum mitten im Winter ein Fenster offen stehen lassen, wenn sie das Haus verließen. Im Gegenteil, sie würden wohl besonders darauf achten, dass alle Türen und Läden fest verschlossen waren. Aber es gab etwas, das die Burrows vermutlich nicht wussten: Jedes Haus in Stonehill hatte eine Hintertür, die man zwar abschließen, aber kinderleicht aufbrechen konnte. Die meisten Hausbesitzer hatten deswegen irgendwann die Schlösser verstärken oder Riegel anbringen lassen. Das Haus der Burrows aber hatte vor ihrem Einzug sehr lange leer gestanden, sodass das Schloss der Hintertür vielleicht noch nicht ersetzt worden war.

Ich hoffte nur, dass Cleo wie immer bei Viola sein würde. Auf eine weitere Begegnung mit ihr vor Mr Burrows Arbeitszimmer konnte ich nämlich gut verzichten. Aber manche Risiken mussten wir einfach eingehen.

23. Shirinai net ylon!

»Was? Ihr wollt den Abend bei *Annie* verbringen?« Unsere Eltern sahen Tim und mich verblüfft an.
Ich versuchte, so harmlos wie möglich zu wirken. »Annie hat Bauchweh und kann nicht zur Stadtfeier mitgehen. Und sie tut uns so leid, wenn sie als Einzige nicht mitkann!«
Papa rückte seine Krawatte zurecht. »Lucy, das ist ja wirklich schade für Annie, aber davon geht doch die Welt nicht unter!«
»So eine Stadtfeier gibt es nur ein einziges Mal! Wollt ihr das denn wirklich verpassen?«, fragte Mama.
»Die anderen gehen auch alle zu ihr!«, fiel Tim ein.
Das war zwar ein Argument, das bei unseren Eltern nie zog, aber schaden konnte es nun auch nicht.
»Tatsächlich?«, fragte Mama, und bevor Tim oder ich noch etwas antworten konnten, hatte Mama schon den Telefonhörer in der Hand. Tim und ich sahen uns erschrocken an. Was hatte sie vor?
»Hallo, Conny«, sagte Mama, als am anderen Ende

offensichtlich abgehoben worden war. »Tim und Lucy wollen zu Annie gehen statt zum Fest und ... Was?« Mama guckte erstaunt zu uns herüber, während Tante Conny sprach. Ich hab ja schon erzählt, dass Jenny nicht nur meine beste Freundin, sondern auch meine Cousine ist, und da war es wohl für Mama klar, dass sie Tante Conny anrufen würde, um alles mit ihr zu besprechen.

Die beiden telefonierten eine Weile. Schließlich legte Mama auf und sah Tim und mich misstrauisch an. »Conny sagt, Jenny weigert sich genauso hartnäckig wie ihr, zur Feier mitzugehen. Ihr heckt doch nicht etwa irgendwas aus?«

Nun wurde auch Papa hellhörig. »Wer will denn noch alles unbedingt bei Annie bleiben, weil sie Bauchweh hat?«, fragte er. Ich konnte an seinem leichten Grinsen sehen, dass er kein Wort von der Sache mit dem Bauchweh glaubte.

»Die anderen halt«, sagte Tim und machte eine unbestimmte Handbewegung. »Owen und Evan und Tina. Und Jenny natürlich.«

»Mir ist nicht wohl bei dem Gedanken, dass ihr Kinder den ganzen Abend allein bei Annie herumturnt«, sagte Mama. »So ganz ohne Aufsicht.«

»Wir sind nicht allein«, spielte ich unseren Trumpf aus. »Annies Uropa ist auch da!«

Papa lachte. »Annies Uropa ist fast hundert und halb

blind. Ihr wollt mir doch nicht verkaufen, dass er *auf euch* aufpasst? Das wäre ja dann wohl doch eher umgekehrt!«

Einen Moment lang war ich verunsichert. Bis mir auffiel, dass Papa mir gerade unabsichtlich in die Hand gespielt hatte! »Annies Eltern wären sehr froh, wenn wir alle bei ihnen zu Hause sind. Mitnehmen können sie Annies Uropa nicht, und wenn wir bei ihm im Haus sind, müssen sie sich keine Sorgen um ihn machen.«

Mama seufzte. Papa tätschelte ihren Arm.

»Na, von mir aus«, sagte er. »Bevor Mama und ich wegen dieser Diskussion noch die halbe Feier verpassen. Aber benehmt euch anständig, hört ihr? Wir holen euch gleich nach dem Fest ab, und bis dahin setzt ihr keinen Fuß aus dem Haus oder stellt sonst irgendwas an, verstanden?«

»Natürlich nicht, Papa«, sagte ich, und Tim murmelte etwas Ähnliches. Ich hoffte, dass nur ich die gekreuzten Finger hinter seinem Rücken sah.

Wir hatten es geschafft! Tim und ich sahen uns erleichtert an.

Bevor es losging, schaute ich noch einmal bei Dr. Watson vorbei. Er schien schon auf mich gewartet zu haben, denn er wackelte aufgeregt mit den Flossen und hing fast mit seinem Mäulchen an der Glaswand. »Richtig, Watson«,

sagte ich. »Jetzt geht es los. Heute Nacht werden wir das Geheimnis der Burrows lüften!«
Jetzt, wo ich es ausgesprochen hatte, merkte ich, wie angespannt ich war. Watson ruderte besorgt auf und ab. »Wird schon schiefgehen, Watson«, sagte ich. »Sie werden sehen: Wir werden bestimmt in die Geschichtsbücher von Stonehill eingehen!« Watson schwamm immer noch aufgeregt herum. Er war heute gar nicht zu beruhigen. Das machte mir etwas Sorgen. Ich dachte daran, was Jeremy letztens gesagt hatte, als er mein Gespräch mit Watson mitbekommen hatte, und an das, was Marshie uns damals gepredigt hatte. »Watson«, sagte ich. »Auch wenn Sie unzweifelhaft der beste Detektivkollege der Welt sind, sind Sie auch gleichzeitig ein FISCH und damit ein TIER. Tiere spüren, wie ich gelernt habe, oft im Voraus, wenn etwas passiert. Wollen Sie mir etwas sagen?« Watson ruderte aufgeregt mit der Schwanzflosse. Luftblasen stiegen über seinem Maul auf. »Natürlich habe ich auch Angst, Watson«, sagte ich. »Aber wir haben nur diese eine Gelegenheit, wo wir davon ausgehen können, dass alle Burrows außer Haus sind. Ich versichere Ihnen, dass ich und meine Freunde äußerst vorsichtig sein werden.« Watson sah immer noch beunruhigt aus. *Seien Sie vorsichtig, Miss Lucy*, hörte ich seine Stimme in meinem Kopf. »Das bin ich, Watson«, versprach ich.
Watson hatte wieder begonnen, seine Runden zu

drehen. Er wusste, dass mich niemand abhalten konnte, wenn ich mir etwas einmal in den Kopf gesetzt hatte.

Als unsere Eltern uns bei Annie absetzten, wurde ich richtig nervös, und ich war froh zu sehen, dass alle anderen es auch geschafft hatten, ihre Eltern zu überzeugen.

Immerhin waren wir zu siebt, und zusammen würden wir es schon schaffen, was wir uns vorgenommen hatten.

Wir warteten bis halb neun, um sicherzugehen, dass die Feier begonnen hatte und ganz Stonehill in der Alten Steinfabrik war. Dann war es so weit.

»Haben wir alles?«, fragte Jenny.

Wir hatten ein paar Sachen eingesteckt, die wir vielleicht brauchen würden:

Eine Taschenlampe, weil wir ja schlecht bei den Burrows das Licht anknipsen konnten. Selbst wenn bestimmt alle bei der Stadtfeier waren, konnte es ja doch sein, dass irgendwer von den Nachbarn zu Hause war, und wir wollten auf keinen Fall Aufsehen erregen.

Dann ein paar Haarklammern und etwas Draht, um die Hintertür aufzubekommen.

Evan hatte seinen Fotoapparat in der Tasche, um das Buch abfotografieren zu können, und Tim hatte

Jeremys Handy eingesteckt. Ich war mir sicher, dass Jeremy ein Riesentheater veranstalten würde, wenn er bemerkte, dass sein Handy verschwunden war, aber keiner von uns hatte ein eigenes, und falls wir in der Falle saßen, war es gut, eine Verbindung nach draußen zu haben.

Als wir uns vergewissert hatten, dass wir wirklich alles Wichtige eingesteckt hatten, zogen wir unsere dicken Jacken, Handschuhe und Mützen an. Dann sah Annie noch mal nach ihrem Uropa. Er schaukelte friedlich in seinem Schaukelstuhl vor sich hin.

»Brauchst du noch was, Opa?«, brüllte Annie.

Ihr Uropa hörte nämlich nicht mehr gut.

»Nein, nein«, schrie er zurück.

»Wir gehen ein bisschen spazieren«, rief Annie. »Wir sind aber bald wieder da!«

»Ja, ja«, rief ihr Uropa. »Ich schlafe ein bisschen!«

Er schloss die Augen und schaukelte weiter.

»Okay«, sagte Annie mit zitternder Stimme. »Es kann losgehen.« Sie sah etwas unsicher aus und guckte an sich herunter. Normalerweise trägt sie ja immer Rüschenkleider, aber für dieses Unternehmen wäre das ziemlich unpraktisch gewesen. Es konnte gut sein, dass wir rennen mussten und klettern und so was alles. Ich hatte ihr eine meiner Jeans mitgebracht, und Annie sah ganz fremd darin aus.

»Los jetzt«, sagte Evan, »es wird Zeit!«

Wir machten uns also auf den Weg. Genau wie wir vermutet hatten, sahen die Straßen aus wie leer gefegt. Je näher wir der Gilmore Street kamen, desto aufgeregter wurde ich. Den anderen schien es ähnlich zu gehen, denn wir waren alle ungewöhnlich ruhig. Normalerweise schnattern wir immer ziemlich viel, aber jetzt war nichts zu hören außer dem Geräusch unserer Schritte.

Alle Gärten und Häuser waren dunkel, nirgends brannte Licht. So verlassen hatte ich Stonehill noch nie gesehen. Nur ab und an flog einmal ein Vogel vorbei oder kreuzte eine herumstreifende Katze unseren Weg. Einmal blieb mir fast das Herz stehen, denn ich dachte, ich hätte Cleo gesehen! Eine Katze mit seidigem schwarzem Fell war ein Mäuerchen entlanggehuscht und wie ertappt stehen geblieben, als ich ihren Namen rief.

»Hey, Cleo«, sagte ich mit einer Stimme, die nicht nach meiner klang. »Was machst du denn hier?«

Dann sah ich aber, dass es doch nicht Cleo war, denn diese Katze hatte keinen weißen Fleck auf der Brust. Seltsam fand ich es trotzdem, weil ich außer Cleo noch nie eine Katze mit so seidigem Fell in Stonehill gesehen hatte. Die Katze verschwand wieder in der Finsternis der Gärten.

Es waren überhaupt ziemlich viele Tiere unterwegs an jenem Abend, fiel mir auf. Es schien so, als würden

50
50

sich auch die Katzen, Waschbären und Eichhörnchen darüber freuen, dass sie heute mal ihre Ruhe vor allen Menschen hatten.
Als wir uns dem Haus der Burrows näherten, hatte ich das Gefühl, dass irgendetwas seltsam war, aber ich konnte nicht einordnen, was.
»Schaut mal«, sagte Tina plötzlich und blieb stehen. »Dahinten!« Sie deutete auf ein paar Autos, die im schwachen Schein der Straßenlampen auf dem Gehweg parkten. Es waren ein paar große Pick-ups. Davon gab es in Stonehill nicht viele.
»Die sind nicht von hier«, erklärte Tim dann auch sofort. »Die haben andere Kennzeichen!«
Wir wollten gerade vorsichtig näher herangehen, als wir Stimmen hörten. Sie kamen aus dem Garten der Burrows.
»Was ist das denn?«, flüsterte Jenny entsetzt. »Sind die nicht längst auf der Feier?«
Wir sprangen schnell hinter die Hecken des Nachbargrundstücks, wo wir uns schon beim letzten Mal versteckt hatten. Keine Sekunde zu früh.
Ein paar Gestalten traten aus dem Garten und versammelten sich bei den Autos.
Eine Frauenstimme sagte etwas in einer Sprache, die ich nicht verstand. Aber die Stimme erkannte ich. Es war Marshie!
Wir sahen uns erstaunt an.

Eine andere Frau erwiderte etwas, offensichtlich in derselben Sprache.
Und dann erklang es wie ein Chor, aus vielen Stimmen gleichzeitig: *Shirinai net ylon!*
Es hörte sich sehr feierlich an, fast wie ein Schwur.
Was bedeutete das, shirinai net ylon?
Dann hörten wir, wie Autotüren geöffnet und geschlossen wurden, und schließlich startete ein Wagen nach dem anderen. Sie fuhren gleichzeitig bis zur Kreuzung und dann, so klang es zumindest, in verschiedene Richtungen davon.
»Was war *das* denn?«, fragte Annie, als die Motorengeräusche in der Entfernung verebbt waren.
»Ich weiß nicht«, sagte Evan Carter.
»Stellt euch bloß mal vor: *Marshie!*«, sagte Jenny. »Sie hat also wohl wirklich etwas mit den Burrows zu tun!«
»Ich kann das nicht glauben«, sagte Annie. »Unsere Lehrerin gehört vielleicht zu einem magischen Clan? Das ist doch verrückt!«
Es klang in der Tat verrückt, aber nicht verrückter als alles andere, was in den letzten Wochen geschehen war.
»Ich hoffe mal, die sind jetzt auch wirklich alle bei der Feier«, sagte Tina.
»Das *müssen* wir einfach hoffen«, antwortete ich.
»Wie auch immer«, sagte Evan. »Wir können nicht

ewig hier stehen und quatschen, wir müssen uns jetzt beeilen. Je früher wir beginnen, desto geringer ist das Risiko, erwischt zu werden!«

Das stimmte.

Wir krochen durch die Hecke zurück auf den Gehweg. Wie wir vermutet hatten, waren alle Autos weggefahren. Das Haus der Burrows lag dunkel und verlassen in der Schwärze der Nacht.

Jetzt wurde es ernst.

24. Die geheime Mission

»Viel Glück!« Tina hob den Daumen. Sie postierte sich, wie abgesprochen, mit Annie in der Nähe des Tores. Owen sollte gemeinsam mit Jenny im Garten patrouillieren.
»Also dann«, sagte Jenny, »seid vorsichtig!« Sie war sehr bleich im Gesicht.
Mir war auch mulmig, als Tim, Evan und ich zur Hintertür des Burrow-Hauses huschten. Es war noch dunkler als bei unserem letzten nächtlichen Besuch, weil heute der Himmel voller Wolken hing und nur wenig Mondlicht den Garten erhellte. Die Bäume, die mich an Skeletthände erinnerten, waren nur schemenhaft zu erkennen, und jeder Busch und jeder Strauch sah in dieser Dunkelheit aus wie ein Monster, das auf uns lauerte und bloß darauf wartete, uns anzuspringen. Eine Eule starrte mich aus gelb leuchtenden Augen an. Vielleicht hatte sie ja auch magische Edelsteinaugen? Was, wenn auch Violas Mutter die Augen eines Tieres mitbenutzen konnte? Oder gar

Viola selbst? Und warum fiel mir dieser Gedanke ausgerechnet jetzt ein, als ich durch den Garten schlich und es kein Zurück mehr gab? Ich war gerade ungeheuer froh, dass wir zu siebt waren.

Jetzt durfte einfach nichts schiefgehen!

Wir gelangten problemlos zum hinteren Teil des Hauses und stiegen die Steinstufen hinab, die zur Hintertür führten. Es sah gut aus, denn die ursprünglich eingebaute Tür war offensichtlich nicht erneuert worden. Evan war ganz wild darauf, das Schloss zu knacken, aber das wollte ich unbedingt selbst machen. Ich zog die Haarspange aus meinen Haaren und machte alles so, wie Jeremy es mir damals gezeigt hatte. Das Schloss war, wie erhofft, ziemlich leicht zu öffnen. Ein Klacken war zu hören, und als ich die Klinke herunterdrückte, schwang die Tür auf. Der Raum dahinter war stockfinster. Wir konnten nicht sehen, wo wir hintraten. Evan schloss die Tür hinter uns, und für einen Moment standen wir in der schwärzesten Finsternis, die ich jemals erlebt hatte. Ich war froh, als das Licht von Evans Taschenlampe aufflammte und wir wieder sehen konnten, wo wir langmussten, um vom Keller ins Erdgeschoss zu gelangen.

»Seid ihr hundertprozentig sicher, dass niemand im Haus ist?«, flüsterte ich, als wir die Treppen hochstiegen. Es war ganz still im Haus, und jedes Geräusch, das wir machten, klang umso lauter.

»Na klar«, flüsterte Tim großspurig zurück. »Wir haben nirgends ein Licht gesehen, und kein Mensch sitzt freiwillig in einem stockdunklen Raum!« Er klang genauso nervös wie ich. Ich konnte nur hoffen, dass er recht hatte.

»Und was, wenn jemand irgendwo im Haus schläft?«, fragte Evan.

Einen Moment lang dachten wir alle daran, was wäre, wenn. Aber wir hatten keine Wahl. Wir mussten einfach leise sein und schnell wieder verschwinden, wenn wir hatten, was wir wollten.

Mittlerweile waren wir im Erdgeschoss angelangt, und ich brauchte eine Weile, um mich zurechtzufinden. Ich war ja auch nur ein Mal hier gewesen, und im Dunkeln sah alles ganz anders aus. Die Dielen knarzten, als wir darübergingen, und plötzlich sah ich Mr Burrows Gesicht vor mir, wie er mich damals bedroht hatte. Mein Mund war ganz trocken, und mein Herz schlug so laut, dass ich dachte, Tim und Evan müssten es hören. Nicht auszudenken, wenn doch jemand hier war und wir erwischt würden!

Als wir vor Mr Burrows Arbeitszimmer angelangt waren, war mir ganz schlecht vor Aufregung. Ich legte die Hand auf die Klinke und merkte, wie ich zitterte.

»Mach schon«, zischte Tim ungeduldig. »Wir können hier nicht Wurzeln schlagen!«

Ganz kurz kam mir der Gedanke an eine magische Falle, aber ich machte mir Mut damit, dass bei der Sage nur von magischen Augen die Rede war und nicht von irgendwelchen anderen magischen Fähigkeiten.
Ich drückte die Klinke vorsichtig herunter. Die Tür war tatsächlich offen! Evan leuchtete ins Zimmer. Er ließ den Lichtstrahl der Taschenlampe durch den ganzen Raum wandern. Es sah genauso aus, wie ich es vom letzten Mal, als ich durchs Fenster hereingesehen hatte, in Erinnerung hatte.
Der große Tisch, die Schüsseln mit den Edelsteinen, die Waage, alles war da.
»Wahnsinn«, sagte Evan. Die beiden kannten das Arbeitszimmer ja nur aus meinen Erzählungen, und so groß und beeindruckend hatten sie es sich bestimmt nicht vorgestellt.
Leider war das Buch, wegen dem wir gekommen waren, nirgends zu sehen.
»So ein Mist«, fluchte ich.
»Er hat es bestimmt da hingelegt, wo er es immer aufbewahrt. Wir müssen suchen«, sagte Evan. »Schnell!«
Wir suchten also überall, was gar nicht so leicht war. Wir hatten ja nur eine Taschenlampe, und das Deckenlicht anzumachen, trauten wir uns nicht.
»Beim nächsten Mal nehmen wir besser mehrere Taschenlampen mit«, fluchte Tim.

»Beim nächsten Mal?«, japste Evan. »Wie oft willst du denn noch irgendwo einbrechen?«
Trotz der Anspannung mussten wir kichern.
Mit jeder Minute, die verstrich, wurden wir nervöser. Was, wenn uns Mr Burrow doch irgendwie aus der Ferne beobachten konnte?
»Beeilung«, drängelte ich.
»Schaut mal«, sagte Tim und zeigte auf einen Glasschrank. Darin lagen ein paar Kästchen. Er nahm eines davon heraus und öffnete es. Im Schein der Taschenlampe funkelten uns zwei himmelblaue Glasaugen entgegen.
»Magische Augen«, flüsterte er ehrfürchtig.
Tim berührte die Augen vorsichtig.
»Lass das!«, fuhr ich ihn an.
Tim zuckte zurück. »Ich dachte …«, stammelte er. »Ich meine, wir werden wohl nie wieder magische Augen zu sehen bekommen, oder? Da kann man doch mal genauer hinsehen.«
»Wir haben keine Zeit für so was«, zischte ich. »Wir brauchen das Buch. Und wenn du unbedingt etwas tun willst, dann fotografier die Augen!«
Tim zog Jeremys Handy aus seiner Jackentasche. »So ein Mist«, sagte er. »Ausgerechnet jetzt ist der Akku leer!«, aber in diesem Moment hörten wir Evan aus der entgegengesetzten Ecke des Raumes rufen.

»Schaut mal! Ist das hier vielleicht das Buch, das wir suchen?«
Er hielt den Lichtstrahl der Taschenlampe auf ein Regal, das ich durch die kleine Lücke im Fensterladen damals nicht hatte sehen können, weil es im toten Winkel stand. Darin lagen ein paar Gegenstände und ein tatsächlich sehr alt aussehendes, in braunes Leder gebundenes Buch. Ich erkannte es sofort.
»Das ist es!«, rief ich aufgeregt. Ich rannte zu Evan, und Tim folgte mir.
Evan nahm das Buch vorsichtig aus dem Regal und legte es auf den Tisch. Wir sahen uns an. Im Schein der Taschenlampe glänzten Tims und Evans Augen vor Aufregung wie blank polierte Spiegel.
»Und wer schlägt es jetzt auf?«, fragte ich. Meine Stimme zitterte.
»Du«, sagte Evan sofort.
In meinem Bauch flatterten Hunderte von Schmetterlingen. Langsam streckte ich die Hand nach dem Umschlag aus. Ich zögerte einen winzigen Moment. Als ich das Leder berührte, lief mir ein Schauer über den Rücken. Ich wartete kurz, aber nichts geschah. Dann atmete ich tief durch und schlug das Buch auf.

25. Das Geheimnis der Burrows

Die Seiten des Buchs waren vergilbt und vom vielen Blättern an den Rändern schon ganz abgegriffen, aber die Schrift konnte man noch sehr gut lesen. Es war eine schön geschwungene Handschrift, mit schwarzer Tinte geschrieben. Obwohl das Buch sehr alt sein musste, war nichts verblasst.

Die ersten Seiten waren so eng beschrieben, dass es viel zu lange gedauert hätte, alles durchzulesen. Ein Inhaltsverzeichnis gab es nicht, und so schlug ich Seite für Seite um. Es waren eine Menge Zeichnungen in dem Buch, hauptsächlich Darstellungen von Tieren und Menschen und allerlei merkwürdigen Geräten, dazu ein Gewirr aus Pfeilen und Formeln. Irgendwo musste hier doch auch etwas über die magischen Augen stehen!

Evan zog den Fotoapparat aus seiner Jacke und fummelte daran herum. Ich blätterte fieberhaft durch die Seiten. Das Buch war sehr dick, und wir hatten einfach nicht die Zeit, alles in Ruhe durchzusehen.

»Komm schon …«, murmelte ich ungeduldig, und dann entdeckte ich plötzlich eine Stelle mit unzähligen Zeichnungen von Augen und Glaskugeln.

»Hier!«, rief ich. »Das ist es!«

Gemeinsames Sehen lautete die Überschrift. Darunter waren Glaskugeln in verschiedenen Größen gezeichnet, und wieder wiesen überall Pfeile auf verschiedene Stellen hin. Am Rand standen diverse Formeln zum Mischungsverhältnis einzelner Edelsteine.

»Da unten steht ein Text!«, sagte Tim aufgeregt.

Neben einer Abbildung, die einen Mörser und eine Waage zeigte, stand tatsächlich *Rezept*. Ich konnte es nicht fassen! Hier stand wirklich ein Rezept zum Erschaffen magischer Augen!

»Los, fotografier das schnell ab«, sagte ich zu Evan.

Der machte eine Aufnahme und kontrollierte das Ergebnis auf dem Display. »Mist!«, schimpfte er. »Es ist zu dunkel. Ich muss doch den Blitz anmachen!«

Während Evan fluchend an seinem Fotoapparat herumhantierte, las ich vor:

Gemeinsames Sehen

Ziel ist es, die Augen eines Vertrautentieres zeitweise mitbenutzen zu können. Dies sollte idealerweise auch über größere Distanzen bis zu Hunderten von Kilometern funktionieren. Ausschlaggebend ist die richtige Zusammensetzung der Augen. Hat man alles richtig gemacht, kann man, mit entsprechender Übung, für einen bestimmten Zeitraum (abhängig von der magischen Energie, die dem jeweiligen Clanmitglied zur Verfügung steht, sind das wenige Sekunden bis hin zu mehreren Minuten) alles aus dem Blickwinkel des Vertrautentieres sehen.

»Das gibt's nicht«, sagte Tim fassungslos. »Das gibt es einfach nicht!«
Ich las weiter:

Vermutlich ist es möglich, auch durch die Augen einer vertrauten Person sehen zu können. Dies ist allerdings bisher nicht bestätigt, sondern lediglich in einem einzigen Fall mündlich überliefert worden.

Dieser Abschnitt war fett unterstrichen und mit mehreren Ausrufezeichen versehen. Darunter standen in einer anderen Handschrift – vielleicht die von Mr Burrow? – verschiedene Rezepturen für Zusammensetzungen aus Edelsteinpulvern zum Einstreuen in die Augen, die alle lesbar waren, aber mit einem dicken schwarzen Kreuz versehen. Vermutlich bedeutete das, dass die Rezeptur nicht erfolgreich gewesen war.
Ich war gerade mitten im Lesen, als plötzlich ein lautes Geräusch ertönte und mich fast zu Tode erschreckte. Evan, Tim und ich machten gleichzeitig einen Rie-

sensatz. Ich ließ vor Schreck das Buch fallen, und es klappte mit einem dumpfen Geräusch zu. Wieder ertönte das Geräusch, und diesmal erkannte ich, was es war.
Jemand schlug von außen an den Fensterladen!
»Ihr müsst raus, sofort!«, hörte ich Owen Clines Stimme.
»Was ist denn los?«, rief Tim.
»Später«, rief Owen. »Macht, dass ihr rauskommt, wir müssen zum Spielplatz!«
»WAS?«, rief ich. Mir klappte der Kiefer runter.
»Ich hab Marshie gesehen«, rief Owen. »Und noch ein paar andere, die vorhin bei ihr waren. Die sind nicht auf der Feier, die sind in der ganzen Stadt unterwegs!«
»Aber warum denn?«, fragte Tim. Er starrte auf den Laden, hinter dem Owen irgendwo war, und kaute an seiner Unterlippe. Ich hab Tim wirklich gern, er ist ja mein Zwillingsbruder, aber wenn er im falschen Moment so begriffsstutzig ist, könnte ich ihn auf den Mond schießen.
»Wir haben keine Zeit«, zischte ich. »Los jetzt!«
»Ich hab aber noch kein einziges gutes Foto machen können!«, sagte Evan erschrocken.
Kurzerhand hob ich das Buch auf. Ich hatte keine andere Wahl, ich würden es mitnehmen müssen. Ohne einen Beweis würde uns niemand glauben.

Evan lotste uns hastig im Lichtschein der Taschenlampe durch das Haus zurück in den Garten.
Jenny und Owen empfingen uns hektisch, und wir rannten gemeinsam Richtung Ausgang. Nur ein paar Sekunden später erreichten wir Tina und Annie, die uns auf den Fersen folgten.
»Zum Spielplatz!«, brüllte Tim. Das war nun wirklich nicht nötig gewesen, weil sowieso jeder mir nachrannte, ich war die schnellste Läuferin von uns allen. Ich hoffte bloß, dass niemand anders unterwegs war und uns gehört hatte.
Während wir durch die menschenleeren, dunklen Straßen rannten, als gelte es unser Leben, fragte ich mich, was genau Owen beobachtet hatte. Außerdem war ich ziemlich nervös, weil ich spontan das geheime Buch der Burrows mitgenommen hatte. Man wusste ja nie, was geschah, wenn man einen magischen Gegenstand aus seiner Umgebung entfernte. Und woher wollte ich mir so sicher sein, dass die Burrows sich nur mit magischen Augen auskannten und nicht doch magische Flüche auf ihre wichtigen Gegenstände legen konnten? Aber jetzt war es eben, wie es war, und bisher war ja auch alles gut gegangen: Das Buch hatte weder meine Hände verbrannt noch nach mir geschnappt, oder was ein magisches Buch sonst wohl alles machen konnte, wenn es sich gegen seinen neuen Besitzer wehren wollte. Trotzdem war es ein ungu-

tes Gefühl, das Zauberbuch des Burrow-Clans in den Händen zu halten.
Mitten in meine Gedanken hinein flog ein Rabe nur Zentimeter von meiner Nase entfernt an mir vorüber. Ich bekam einen riesigen Schreck und hätte mich fast hingelegt.
»Mann!«, hörte ich Tina hinter mir brüllen. »So ein Mist!« Sie war beinahe über eine Katze gestolpert, die ihren Weg gekreuzt hatte.
»Wo kommen denn auf einmal die ganzen Viecher her?«, schimpfte Evan. Eine Fledermaus war knapp über seinen Kopf hinweggesegelt und in der Dunkelheit des Parks verschwunden.
Es waren wirklich außergewöhnlich viele Tiere unterwegs heute Nacht. Da fiel mir wieder ein, was Owen gesagt hatte: Wir sollten achtgeben, weil die Mitglieder des Burrow-Clans in der ganzen Stadt unterwegs waren! Bisher hatten wir also einfach Glück gehabt, dass wir keinem von ihnen in die Arme gerannt waren. Jetzt sollten wir wirklich etwas vorsichtiger sein! Wir waren zum Glück auch schon fast am Spielplatz angelangt, und der lag ja am Rand eines Parks. Was auch immer Marshie und ihre Begleiter vorhatten, ein verlassener Spielplatz würde sie sicher nicht interessieren. Zwischen den vielen Bäumen waren wir in der Dunkelheit auch von der Straße aus wohl kaum zu erkennen. Dennoch schadete es bestimmt nicht, etwas

aufmerksamer zu sein. Ich verlangsamte also meine Schritte und achtete darauf, immer möglichst nah an den hohen Bäumen zu bleiben. Die anderen taten es mir gleich, und es dauerte nicht mehr lange, bis wir am Spielplatz angelangt waren.

Owen wartete, bis wir alle auf dem Rand des großen Sandkastens Platz genommen hatten und ihn gespannt ansahen. Dann holte er tief Luft und sagte: »Marshie und ein paar andere rauben gerade halb Stonehill aus!«

26. Ein Spion aus der Luft

Wir saßen da wie vom Donner gerührt.
»Hä?«, machte Tim.
»Wie bitte?«, kam es von Evan.
»Ich schwör's euch«, sagte Owen. »Es waren Marshie und die anderen! Ich kapier es ja auch nicht.«
Er erzählte, wie er Jenny allein im Garten zurückgelassen hatte und stattdessen im Wohnviertel der Burrows die Straßen entlanggegangen war, um aufzupassen, ob die Burrows nicht vielleicht doch aus irgendwelchen Gründen von der Feier zurückkehrten. Dabei hatte er eines der Autos mit dem fremden Kennzeichen entdeckt und neugierig in den Garten des Hauses gesehen, vor dem das Auto parkte.
»Und dann sehe ich Marshie, wie sie mit einem Sack auf dem Rücken aus dem Haus schleicht«, sagte Owen. »Ich dachte, mein Schwein pfeift!«
»Marshie ist irgendwo eingebrochen?«, fragte Tim ungläubig.
»Wenn ich es euch sage«, gab Owen zurück. »Und

nicht nur das. Ich hab zum Glück noch rechtzeitig gehört, dass jemand aus dem Nachbargarten kommt, und mich hinter einem Baum versteckt. Das waren zwei Typen, die ebenfalls säckeweise Zeug rausgeschleift und auf den Pick-up gehievt haben! Dann sind sie weggefahren, aber nur um die Ecke, und ich habe gesehen, wie sie ausgestiegen und im nächsten Garten verschwunden sind.«
»Was soll denn das alles?«, fragte Jenny. »Die waren doch eben noch vor dem Haus der Burrows und sind alle in ihren Autos zur Stadtfeier gefahren!«
»Nein«, sagte Tina. »Wir haben nur *gedacht*, dass sie zur Stadtfeier wollen! Sie haben doch in einer Sprache gesprochen, die wir gar nicht kennen!«
»Und was machen wir jetzt?«, fragte Evan. »Die Polizei rufen?«
»*Die* Idee hatte ich auch schon«, sagte Tim und zeigte auf Jeremys Handy, »aber das Ding hier ist leer.«
Da hielt ich das Buch hoch. »Na ja, wenigstens habe ich das hier mitgenommen!«, sagte ich triumphierend.
Alle starrten mich an.
»Du hast das einfach *mitgenommen*?«, fragte Owen fassungslos.
»Es ging alles so schnell«, verteidigte ich mich. »Und wir waren dabei, das Geheimnis zu lüften. Da konnte ich das Buch doch nicht einfach zurücklassen!« Mir

fiel wieder ein, was ich darin entdeckt hatte, und ich schlug die Seite mit der Überschrift Gemeinsames Sehen auf.

»Hier!«, sagte ich und hielt das Buch so, dass die anderen hineinschauen konnten. »Da steht, was es mit den magischen Augen auf sich hat.«

»Was?«, rief Owen.

»Die Augen, die Mr Burrow herstellt, sind tatsächlich Zauberaugen aus einem besonderen Edelsteingemisch«, erklärte ich. »Damit können die Burrows die Augen von Vertrautentieren für eine bestimmte Zeit mitbenutzen, genau wie wir es uns gedacht haben! Hier steht es schwarz auf weiß.«

Das wirkte. Alle riefen durcheinander, und Owen brüllte »Zeig her!« und schnappte sich das Buch. Alle beugten sich darüber, um die Anleitung für die magischen Augen zu studieren.

»Wenn man die richtigen Edelsteine und das richtige Mischungsverhältnis herausfindet, funktioniert es angeblich auch mit einer vertrauten Person. Hier steht es.« Ich deutete auf den Abschnitt, in dem Mr Burrow die bisher fehlgeschlagenen Experimente notiert hatte.

»Oh Mann«, sagte Owen heiser. »Oh Mann!«

Ich klappte das Buch wieder zu und nahm es an mich. Ich wollte später, wenn ich wieder zu Hause war, unbedingt darin lesen, aber jetzt hatten wir keine Zeit dafür. Wir mussten irgendwas tun! Aber was? Zur Polizei-

wache laufen? Wenn wir ihnen das Buch zeigten, mussten sie uns doch glauben!
Plötzlich sah ich eine Fledermaus, die über uns hinwegflatterte. Das an sich war nichts Besonderes. In Stonehill gibt es viele Fledermäuse, bei uns im Garten wohnen sogar welche. Diese hier wirkte aber irgendwie außergewöhnlich. Ich kniff die Augen zusammen, um sie besser betrachten zu können, und bekam eine Gänsehaut: Die kleinen Augen der Fledermaus leuchteten wie kleine Feuer in ihrem winzigen Gesicht! Das war nicht normal! Das Tierchen merkte, dass ich es beobachtete, und änderte die Richtung, aber es war zu spät. Es flog knapp an mir vorbei, und für einen kurzen Moment hatten wir direkten Augenkontakt. Und in diesem Bruchteil einer Sekunde sah ich etwas, das ich nur zu gut kannte: Die kleinen Augen der Fledermaus drehten sich wie rasend im Kreis und leuchteten grell auf, diesmal in einem hellen Grün! Das Drehen und Leuchten war das sichere Zeichen dafür, dass die magischen Augen gerade benutzt wurden! Mir wurde heiß und kalt zugleich.
In meinem Kopf fielen tausend kleine bunte Steinchen zu vielen Bildern zusammen, wie bei einem Kaleidoskop.
Klick, klick, klick, machte es.
Die Fledermaus flog auf einen Ahornbaum und hielt die Augen fest auf uns gerichtet.

»Es ist zu spät«, sagte ich langsam. »Die ganzen Tiere heute Nacht sind Vertrautentiere! Sie alle haben magische Augen und spionieren für den Clan. Und irgendwer vom Clan hat uns gerade durch die Augen dieser Fledermaus beobachtet!« Ich zeigte dem davonfliegenden Tier hinterher.
Tina wurde blass. »Verdammt«, sagte sie leise. »Du hast recht!«
Jenny sprang auf. »Aber dann weiß dieser Jemand, dass wir hier sind«, rief sie. »Wir müssen weg!«
»Wohin denn?«, erwiderte Evan tonlos. »Es macht doch keinen Unterschied, wo wir sind. Heute Nacht haben wir es nicht nur mit Viola und ihren Eltern zu tun. Der ganze Clan ist angereist! Die werden uns finden, verlass dich drauf.«
»Und anscheinend hat jeder von ihnen sein eigenes Tier mitgebracht. Die Stadt ist voll davon«, sagte Jenny mit erstickter Stimme. »Es gibt keinen Ort, an dem wir uns verstecken können.«
»Aber wenn das so ist«, sagte Annie schüchtern, »wieso hat uns kein Tier verraten, als wir im Garten der Burrows waren und ihr im Haus?«
»Warum wohl«, sagte Tina mit einer entsetzlichen Resignation in der Stimme. »Weil der magische Clan natürlich kaum vermutet hat, dass ausgerechnet bei den Burrows eingebrochen wird, wo sie doch selbst eine Einbruchserie vorhatten.«

»Und warum hat kein Vertrautentier Owen verraten, als er die Einbrüche beobachtet hat?«, fragte Evan.
»Tja«, sagte Tina tonlos. »Was glaubst du wohl, warum die Fledermaus uns bis hierher gefolgt ist? Es ist nur eine Frage der Zeit, bis sie uns finden.«
Dann machte sich eine grässliche Stille breit. Ich hatte einen Kloß im Hals. *Watson*, dachte ich verzweifelt. *Watson, was sollen wir denn jetzt machen?*
Noch nie hatte ich mich so nach meinem gemütlichen Zimmer und einem Zwiegespräch mit Dr. Watson gesehnt wie gerade jetzt. Die Nacht war so dunkel und so kalt, und wie es aussah, waren wir verloren. Die Mitglieder des Burrow-Clans wussten sicher längst, wo wir waren. Wir konnten von Glück sagen, dass sie uns nicht schon bei unserem Einbruch ins Arbeitszimmer entdeckt hatten. Sie hatten wohl wirklich nicht damit gerechnet, ihr Haus bewachen zu müssen. Nachdem Mr Burrow mir gedroht hatte und wir uns in den letzten Wochen so unauffällig verhalten hatten, dachten sie wohl, wir wären eingeschüchtert. Unser Plan war also aufgegangen, aber wir hätten wissen müssen, dass es so einfach nicht sein konnte, es mit einem magischen Clan aufzunehmen, der seit Jahrhunderten existierte.
Jetzt konnten wir nichts mehr tun. Ein Clanmitglied hatte uns durch die Fledermausaugen entdeckt. Im besten Fall würde der Clan nur darauf achten, dass

wir ihnen nicht zu nahe kamen. Und im schlimmsten Fall … Mir fiel wieder der Abend ein, an dem Mr Burrow mir aufgelauert hatte. *Wer sich in Gefahr begibt, kommt darin um!*, hatte er gesagt. Und er hatte es bitterernst gemeint. Ich war mir ganz sicher, dass er dafür sorgen konnte, und ich mochte lieber nicht darüber nachdenken, wie das aussehen würde.
Auf einmal hörte ich einen spitzen Schrei. Er kam von Jenny. Sie starrte in die Richtung, aus der wir gekommen waren, und war totenbleich. Sie zitterte und bewegte den Mund, bekam aber kein Wort heraus.
Wir folgten ihrem Blick, und dann sahen wir alle die Gestalt, die langsam auf uns zukam und schließlich vor uns stehen blieb. Es war Marshie. Sie verzog einen Mundwinkel zu einem spöttischen Lächeln.
»Ihr törichten kleinen Kinder«, sagte sie sanft. »Ihr törichten kleinen Kinder!«

27. Feuer und Flamme

Man hätte eine Stecknadel fallen hören können, so still war es. Mir wurde schlecht. Marshie sah mir direkt in die Augen, und ich hatte das Gefühl, sie müsste alle meine Gedanken lesen können.

»Lucy Anderson«, sagte sie. Ihre Stimme klang schneidend wie ein Messer. »Du hast etwas, das uns gehört, und ich will es zurück!« Sie streckte die Hand aus.

Das Buch schien sich plötzlich unter meinen Händen zu bewegen. Außerdem wurden meine Hände immer heißer, sodass ich es kaum noch festhalten konnte. Es fühlte sich an, als wollte das Buch unbedingt zu Marshie, fast so, als hätte es ein Eigenleben. Trotzdem konnte ich es einfach nicht hergeben.

»Nein«, hörte ich mich sagen.

Ich erschrak gewaltig vor mir selbst. Hatte ich das gerade wirklich gesagt?

Für einen kurzen Moment entgleisten Marshies Gesichtszüge. Dann wich der ungläubige Ausdruck in ihrem Gesicht einem grausamen Lächeln.

»Nein?«, sagte sie ganz sanft. »Du sagst – *Nein*?«
Mir blieb die Luft weg, und ich bekam keinen Ton mehr heraus.
Annie stieß einen kurzen Schrei aus und schlug sich die Hand vor den Mund.
»Gib ihr das Buch, Lucy!«, flüsterte Tina.
Aber dann hörte ich jemanden sagen: »Nein. So einfach geht das nicht!« Es war Tim. Er stand auf und sah Marshie mit festem Blick an. »Sie können nicht unsere Lehrerin sein und dann einfach die Stadt ausrauben und mit Ihrem Zauberbuch verschwinden! Wir verlangen eine Erklärung!«
Ich konnte es nicht fassen! War das wirklich mein Zwillingsbruder, der so sprach? Das hätte ich Tim im Leben nicht zugetraut!
Marshie war offenbar genauso überrascht. Sie wandte den Blick von mir ab und betrachtete Tim schweigend.
»Nun«, sagte sie schließlich. »Du hast recht, Tim Anderson. Ihr könnt ruhig die Wahrheit erfahren. Euch wird sowieso nie jemand glauben. Ihr seid ja bloß *Kinder*!« Das letzte Wort spuckte sie verächtlich aus.
In diesem Moment hasste ich Marshie. Ich hatte noch nie jemanden gehasst, aber jetzt wusste ich, wie sich das anfühlte.
»Nun«, sagte Marshie wieder. »Offensichtlich habt ihr genug in dem Buch geschnüffelt, um über die wichtigsten Dinge Bescheid zu wissen. Viel mehr gibt

es nicht zu sagen. Wir können mittels Edelsteinen wundervolle Augen mit unglaublichen Fähigkeiten herstellen und benutzen. So simpel und so mächtig!« Marshie lachte leise. »Ihr wundert euch allerdings sehr darüber, was heute Nacht hier los ist, nicht wahr?«
Keiner von uns antwortete.
Marshie lachte wieder ihr leises Lachen. »Na, so schwer ist es doch gar nicht, oder?«, sagte sie herablassend, fast so, wie sie es in der Schule immer getan hatte, wenn niemand auf eine ihrer Aufgaben eine Antwort wusste.
Da konnte ich nicht länger an mich halten. »Nein, es ist wirklich nicht so schwer«, sagte ich. Wut stieg in mir auf. »Der Clan braucht so viele Edelsteine, wie es geht. Damit sie bis in alle Ewigkeit magische Augen herstellen können! Und deshalb rauben sie die ganze Stadt aus, während alle Einwohner von Stonehill bei der Stadtfeier sind.«
Marshie lächelte. »Gut kombiniert, Lucy Anderson«, sagte sie. »Genau deshalb bin ich letztes Jahr nach Stonehill gekommen. Ich habe die Lage sondiert und schließlich die Burrows in die Stadt geholt! Die Stadtfeier, die ihretwegen ausgerichtet werden konnte, gab uns die perfekte Gelegenheit, ganz Stonehill auf einmal auszurauben. Alle sind ja so stolz auf das Kaff hier, dass sie unbedingt zu dieser armseligen Feier gehen wollten!« Marshie lachte verächtlich. »Bald wird je-

der Edelstein aus der Umgebung auf dem Weg zu unserem geheimen Ort sein! Und unser Clan mächtiger denn je.«

Ich musste mir eingestehen, dass es der perfekte Plan gewesen war. Und dass wir keine Chance mehr haben würden, ihn zu vereiteln. Wahrscheinlich hatten wir nie eine gehabt.

»Aber alle werden wissen, dass die Burrows dahinterstecken!«, rief Annie.

Marshie wandte sich ihr zu. »Ach, tatsächlich?«, sagte sie ironisch. »Und wieso sollte das irgendwer annehmen? Viola ist mit ihren Eltern und Großeltern auf der Stadtfeier! Das ist das perfekte Alibi! Natürlich können sie kaum in dieser Zeit in irgendwelche Wohnhäuser und die Edelsteinmine eingebrochen sein, das leuchtet doch wohl jedem ein, nicht wahr? Außerdem sind die Burrows ehrenwerte Bürger und obendrein Edelsteinhändler! Sie würden sich doch wohl kaum selbst die Arbeitsgrundlage nehmen, oder?«

Ich spürte, wie die Wut in mir mich fast zum Kochen brachte. So ein fieser Plan!

»Abgesehen davon«, fuhr Marshie fort, »werden die Burrows heute Nacht verschwinden, genau wie wir alle. Sollen die Leute doch glauben, was sie wollen! Viele werden verstehen, dass niemand einen Edelsteinhändler braucht, wenn es keine Edelsteine mehr gibt. Und wenn nicht, wen juckt das schon!«

Watson, dachte ich fieberhaft. *Watson, helfen Sie mir!* Ich stellte mir vor, wie er gerade verzweifelt in seinem Glas herumschwamm und sich um mich sorgte. Vielleicht hatten Watson und ich ja eine telepathische Verbindung, so wie Mama damals gesagt hatte. Es schien Jahre her zu sein, dass sie mir erklärt hatte, was es mit dem sechsten Sinn auf sich hatte. Und dann kam mir ein Gedanke.

»Aber Sie selbst haben doch gar kein Alibi!«, rief ich.

Marshie lächelte mich an. »Das brauche ich auch nicht«, antwortete sie. »Und zwar deshalb, weil ich natürlich ebenfalls verschwinden werde! Ich wollte ohnehin so schnell wie möglich aus Stonehill weg. Es ist das langweiligste Kaff der Welt, Stadt hin oder her!«

Marshie warf den Kopf in den Nacken und lachte so laut los, dass ich eine Gänsehaut bekam.

Ich dachte an Viola. Wie mochte es ihr nun gehen? Schließlich hatte sie uns alle belogen. Dennoch tat sie mir leid. Sie hatte nie glücklich gewirkt, und nun verstand ich, warum sie nie Freunde haben würde. Nicht solche wie wir Kinder aus der Maple Street.

Marshie schien meine Gedanken erraten zu haben. »Viola gehört zu uns, auch wenn ich nicht sicher bin, ob sie jemals solch eine magische Energie haben wird wie ich.«

»Das hat sie *wohl*«, rief Jenny wütend. »Sie hat Andrea Baker das Leben gerettet!«

»Oh ja, das hat sie«, zischte Marshie. »Und sie hat uns damit ganz schön in Schwierigkeiten gebracht. Nur weil sie durch die Augen dieser Möwe gesehen hat, wie nach und nach kleine Felsbröckchen abfielen.«

»Eine *Möwe*?«, platzte Jenny heraus.

»Ja, eine Möwe«, antwortete Marshie. »Das Vertrautentier von Violas Großvater! Er hat sie nach Keyne Shore geschickt, um herauszufinden, ob er durch ihre Augen das Meer sehen kann. Dann gab es wohl eine Interferenz, und dieses törichte Kind hat ebenfalls durch die Augen der Möwe sehen können! Nur deshalb bist *DU*« – Marshie spuckte das *DU* richtiggehend aus und sah mich wütend an – »auf unser Geheimnis aufmerksam geworden!«

Ich konnte es kaum glauben. Das klang ja so, als wäre Marshie sauer auf Viola, weil sie Andrea das Leben gerettet hatte! Da fiel mir plötzlich wieder mein Traum ein: Violas Opa hatte in den Himmel gesehen und immer wieder gerufen: *Täubchen, sag mir, was du siehst!* Es war in meinem Traum zwar eine Taube gewesen und keine Möwe, aber immerhin! Vielleicht hatte ich wirklich den sechsten Sinn, von dem Mama gesprochen hatte. Wenn das so war, das schwor ich mir, würde ich ihn benutzen, um solchen Fieslingen wie Marshie ihre gemeinen Pläne zu vereiteln!

»Tja, Lucy Anderson«, sagte Marshie. »Nun wirst du wieder dein gewöhnliches, langweiliges Kleinstadt-

leben leben. So wie ihr alle. Keine Detektivrätsel mehr zu lösen hier in Stonehill.« Sie lachte herablassend. »Und nun gib mir endlich das Buch zurück!«
Sie streckte wieder die Hand aus.
Ich hielt das Buch weiter fest, aber da riss Marshie der Geduldsfaden. »Lucy Anderson, das Buch. Sofort.« Ihre Stimme war nun so schneidend kalt und ihr Blick so zwingend, dass ich wie ferngesteuert reagierte. Langsam streckte ich die Hand aus und reichte ihr das Buch mit den Geheimnissen des Clans der magischen Augen.
Für einen kurzen Moment, als sie es nahm, berührten Marshies Finger meine. Es war ein komisches Gefühl, wie damals bei Violas Mutter: Ihre Finger waren eiskalt, aber dennoch fühlte es sich an, als würde ich mich daran verbrennen. Dann riss Marshie das Buch mit einem Ruck an sich.
»So«, sagte sie. »Genug! Ich habe Besseres zu tun, als hier herumzustehen und mit Kindern zu reden! Ihr werdet nun schön brav hier sitzen bleiben, bis unser Clan verschwunden ist, verstanden? Was ihr danach macht, ist mir egal. Auf Nimmerwiedersehen, ihr kleinen, törichten Kinder.«
Sie lachte noch einmal auf, dann drehte sie sich um und verschwand im Dunkel der Bäume.
Owen fand als Erster seine Sprache wieder. »Nein!«, fluchte er. »Nein! So darf das nicht enden!«

Annie begann, leise zu weinen. Tina und Jenny legten tröstend ihre Arme um sie.
»Es kann doch einfach nicht sein, dass wir *gar nichts* tun können!«, sagte Tim verzweifelt. Er sprang auf und trat gegen den Sandkasten.
Ich wollte es auch nicht glauben. Fieberhaft überlegte ich hin und her. Ich stellte mir vor, wie ich neben Watsons Glas saß und mit ihm sprach. *Was würden Sie tun, Watson?*, dachte ich. *Was würden Sie tun?*
Vor meinem inneren Auge erschien Dr. Watson, und ich sah Luftblasen über ihm aufsteigen. Und dann hörte ich seine Stimme in meinem Kopf. Ich konnte ihn verstehen!
»Wir können sehr wohl etwas tun!«, sagte ich laut.
»Und was?«, fragte Owen.
»Ganz einfach«, sagte ich. »Der Clan ist damit beschäftigt, so schnell wie möglich ganz Stonehill auszurauben. Sie werden keine Zeit haben, uns allen nachzulaufen, wenn wir von hier verschwinden, um Hilfe zu holen.«
»Doch«, sagte Tim. »Marshie war doch eben auch hier. Die haben überall ihre Tierspione und werden sofort jemanden losschicken, um uns aufzuhalten.«
Ich lächelte. »Ja«, sagte ich. »Das werden sie. Aber wir sind zu siebt. Wenn jeder von uns einen anderen Weg nimmt, können sie vielleicht einen oder zwei oder

auch drei aufhalten, aber nicht uns alle! Wir müssen es zumindest versuchen!«

»Das könnte funktionieren«, sagte Tina. Ihre Augen leuchteten vor Begeisterung.

Ich erklärte den anderen schnell, wie ich es mir vorstellte: »Einer von uns muss zur Alten Steinfabrik, um die Erwachsenen zu informieren. Einer läuft zur Polizei, und die anderen müssen die verschiedenen Straßen bewachen, die aus Stonehill hinausführen. Dann können die Clanmitglieder nicht einfach verschwinden! Nun ist es ein Glück, dass Stonehill so klein ist. Auch wenn es jetzt offiziell eine Stadt ist.«

In Owens Augen leuchtete Hoffnung auf. »Das ist eine geniale Idee, Lucy!«, rief er.

Die anderen wollten sofort loslaufen, nur Annie zögerte.

»Ja, aber«, sagte sie, »dafür müssen wir uns aufteilen. Und ich hab Angst allein! Was, wenn die vom Clan mich schnappen?« Sie sah mich verzweifelt an.

Jetzt, wo Annie es sagte, merkte auch ich, dass ich Angst hatte. Aber wir mussten es versuchen. Wir *mussten* einfach.

»Ich weiß«, sagte ich leise. »Ich hab auch Angst. Aber es ist unsere einzige Chance!«

Annie schluckte schwer.

»Außerdem«, sagte ich, »die Burrows mögen vielleicht Räuber und Betrüger sein, aber umbringen wer-

den sie uns ganz bestimmt nicht!« Ich war mir nicht so sicher, wie ich vorgab. Aber ich wollte daran glauben, dass alles gut gehen würde.
Annie zögerte noch etwas. »Vielleicht bringen sie uns nicht um«, sagte sie. »Aber vielleicht haben sie doch irgendwelche Zauberkräfte, die wir nicht kennen. Wer weiß, was sie uns antun können!«
Ich nickte. »Ja. Vielleicht«, sagte ich. »Aber ich glaube es nicht. Wenn sie es wirklich könnten und wollten, hätten sie es schon getan. Außerdem haben wir keine Wahl.«
»Okay«, sagte Annie schließlich. »Dann machen wir es so.«
»Dann los jetzt«, rief Owen. »Wir haben schon so viel Zeit verloren!«
In Windeseile machten wir aus, wer welche Strecke übernehmen sollte. Annie würde zur Polizei laufen, ich wollte die Alte Steinfabrik übernehmen, und die anderen würden versuchen, die Straßen zu bewachen. Wir stellten uns im Kreis auf und legten die Hände aufeinander. Jetzt galt es. Mein Magen kribbelte vor Aufregung.
»Viel Glück«, sagte ich.
»Viel Glück«, wiederholten alle im Chor. Wir ließen die Hände sinken und sahen uns noch einmal an. Dann drehten wir uns um und liefen los, jeder in seine Richtung.

28. Alle mal herhören!

Ich rannte durch den Park, so schnell ich konnte. Es war ein gutes Stück bis zur Alten Steinfabrik, bestimmt eine Viertelstunde. Während ich durch die Nacht lief, dachte ich an Viola. Wenn die Burrows doch noch verhaftet wurden, was geschah dann mit ihr? Die Vorstellung, dass Viola dann vielleicht in ein Heim musste, machte mich schrecklich traurig. Ich mochte sie trotz allem richtig gern. Und sie war so traurig gewesen, als sie davon erzählt hatte, dass sie noch nie lange genug irgendwo gewohnt hatte, um richtige Freundschaften schließen zu können. Vielleicht konnte ich ja Mama und Papa fragen, ob Viola bei uns bleiben durfte? Dann könnten wir für immer Freundinnen bleiben!

Ich rannte und rannte und versuchte, nicht daran zu denken, dass mich vielleicht gerade Marshie durch die Augen einer Fledermaus beobachtete. *Weiter, weiter*, hämmerte es in meinem Kopf, und als endlich, endlich die hell erleuchtete Alte Steinfabrik vor mir auftauchte, war ich ziemlich außer Atem. Ich rannte die

Stufen hoch und stieß die große Eingangstür auf. Vor einer der Doppeltüren, die in den Festsaal führten, blieb ich kurz stehen, um Luft zu holen. Dann öffnete ich die Tür.

Der Festsaal war gefüllt bis zum letzten Platz. Hoffentlich fand ich meine Eltern schnell! Zum Glück beachtete mich niemand, als ich zwischen den Tischreihen entlanglief. Das offizielle Festprogramm war wohl zu Ende. Auf der Bühne spielte eine Band, und alle Leute lachten und redeten und waren in bester Stimmung. Die Burrows waren nirgends zu sehen. Einerseits war ich froh darüber, weil ich Angst hatte, dass sie mir ansehen würden, was gerade los war. Andererseits durften sie nicht entkommen, und wenn sie schon auf dem Weg zu ihrem Clan waren oder gar schon mit der Beute aus der Stadt flüchteten, konnte ich nur hoffen, dass Jenny und die anderen sie auch ohne Hilfe aufhalten konnten. So ein Mist! Ich konnte meine Eltern nirgends entdecken, es waren einfach zu viele Leute hier. Fast ganz Stonehill. Knapp fünftausend Menschen.

Was sollte ich bloß tun? Ich konnte doch nicht ewig suchen, die Burrows würden dann längst über alle Berge sein! Ich dachte fieberhaft nach, bis mir etwas einfiel. Es gab nur eine Möglichkeit, in diesem lauten Gewusel hier für Aufmerksamkeit zu sorgen. Man musste *noch* lauter sein, und jeder musste einen sehen können ... *Die Bühne!* Ich kämpfte mich durch das Gewühl nach vorn, so schnell ich konnte. Ohne weiter darüber nachzudenken, hastete ich die wenigen Stufen zur Bühne hinauf. Der Sänger der Band, der gerade einen hohen Ton ins Mikrofon kreischte, sah mich völlig irritiert an.

»Das Mikrofon! Ich brauche das Mikrofon, bitte!«, schrie ich.

Der Sänger kniff die Augen zusammen und zuckte mit den Schultern. Anscheinend hatte er mich nicht verstanden. Ich zeigte auf sein Mikro und bedeutete ihm, dass die Musiker aufhören sollten zu spielen. Der Sänger war so verblüfft, dass er mir tatsächlich sein Mikrofon reichte. Hinter mir wurde es ruhig. Die Musiker hatten mitten im Lied aufgehört zu spielen. Ein paar Leute aus dem Publikum sahen schon verwirrt herüber. Nach und nach schauten alle zu uns hoch. Ich holte tief Luft. Ich hatte noch nie auf einer Bühne gestanden und auch noch nie in ein Mikrofon gesprochen.

»Alle mal herhören, bitte«, sagte ich ins Mikrofon. Das war zu leise gewesen. »Alle mal herhören!«, brüllte ich mit aller Kraft. Das wirkte. Meine Stimme schallte durch die riesige Halle, und alle schauten mich an.

»Lucy!«, hörte ich jemanden erstaunt ausrufen. Es war meine Mutter. Sie stand ziemlich weit vorn und starrte mich ungläubig an, als ob sie einen Geist gesehen hätte. Ich atmete tief durch. Es war gut möglich, dass mich gleich alle so ansehen würden.

»Hallo«, sagte ich. »Es tut mir leid, wenn ich störe, aber in Stonehill sind gerade Einbrecher unterwegs. Sie wollen die Edelsteine klauen und räumen alle Häuser aus. Annie Clover ruft gerade die Polizei. Wenn alle mithelfen, können wir die Einbrecher vielleicht an der Flucht hindern. Ist hier ein Polizist? Ich brauche einen Polizisten! Danke schön.«

Ich räusperte mich und gab dem Sänger das Mikrofon zurück. Er griff automatisch danach, ohne den Blick von mir zu lassen. »Oh Mann«, sagte er. »Oh Mann.«

Und dann brach das Chaos los.

Alle fingen wild an, durcheinanderzurufen, und einige rannten schon Richtung Ausgang, wo sich gleich eine Menschentraube bildete. Meine Eltern stolperten zu mir auf die Bühne.

»Lucy«, sagte Papa. »Wenn das hier wieder eine von deinen Phantasiegeschichten ist, bin ich stocksauer!«

»Ist es *nicht*«, heulte ich auf. Wie konnte Papa das denn nicht merken? Als ob ich einfach nur für einen dummen Scherz die Stadtfeier unterbrechen und mich auf eine Bühne stellen würde! Es war alles so viel gewesen heute Abend, und ich merkte, dass mir die Tränen in die Augen stiegen.

»Hallo«, hörte ich plötzlich eine Stimme. Die Stimme gehörte zu einem jungen Mann mit dunklen Haaren,

der gerade auf die Bühne gekommen war. »Ich bin Officer David Cooper. Was ist denn hier los?«
Ich erklärte, so schnell ich konnte, was ich wusste. Ich beschloss, den Teil mit den magischen Augen erst mal aus der Geschichte rauszulassen. Am Ende hielt Officer Cooper mich noch für verrückt und nahm mich nicht ernst. Er hatte so schon Mühe genug, mir zu glauben.
»Die ganze Stadt wird ausgeraubt? Jetzt gerade?«, fragte er und sah mich zweifelnd an.
»Ja, jetzt, und wir müssen uns beeilen, sonst ist es zu spät!«, rief ich. »Wenn die Burrows entkommen, dann –«
»Die Burrows?«, fragte Officer Cooper. »Was haben die denn damit zu tun?«
Siedend heiß fiel mir ein, dass ich das Wichtigste vergessen hatte! »Sind sie noch hier?«, fragte ich hastig. »Die Burrows, meine ich?«
Ich versuchte, in der Menschenmenge die fünf Menschen auszumachen, die ganz Stonehill an der Nase herumgeführt hatten, aber es war zwecklos.
»Lucy«, warf mein Vater ein. »Das ist eine schwere Anschuldigung! Du kannst nicht einfach herumlaufen und Leute verdächtigen! Wie kommst du denn dazu?«
Ich war so hilflos, dass ich wieder wütend wurde.
»Wenn ihr mir nicht glaubt, wartet ab!«, rief ich. »Ihr werdet ja sehen!«

Officer Coopers Diensthandy klingelte.
»Ja?«, sagte er und wandte sich ein Stück ab, vermutlich um etwas mehr Ruhe beim Telefonieren zu haben. Das Gespräch war ziemlich kurz, und als er zurückkam, sah Officer Cooper ziemlich verblüfft aus. »Mein diensthabender Kollege sagt, gerade ist ein Mädchen bei ihm auf der Wache aufgetaucht und schwört Stein und Bein, dass gerade die ganze Stadt ausgeraubt wird. Er schickt einen Streifenwagen los. Das ist nicht zufällig eine Freundin von dir?«
»Doch«, sagte ich. »Das ist Annie Clover. Wir Kinder aus der Maple Street haben die Bande auf frischer Tat ertappt. Sie müssen uns glauben!«
Officer Cooper zögerte nicht mehr. »Dann sollten wir keine Zeit verlieren«, sagte er. »Wir fahren gemeinsam zur Wache, und du erzählst unterwegs, was hier los ist. Okay?«
Ich war so erleichtert, dass ich fast geweint hätte. Wir liefen zu Officer Coopers Auto, meine Eltern und ich stiegen hinten ein, und keine Minute später fuhren wir durch die dunkle Nacht.
Ich erzählte, so schnell ich konnte, von den Autos mit den fremden Kennzeichen und dass Owen gesehen hatte, wie die Einbrecher Säcke voller Diebesgut aus verschiedenen Häusern hineingeladen hatten.
»Und was haben die Burrows damit zu tun?«, fragte Officer Cooper.

»Ich kann es jetzt nicht erklären«, sagte ich, »aber wir sollten zu ihnen fahren. Wenn wir Glück haben, sind sie noch nicht entwischt, und Sie können sie verhaften!«
»Ich kann nicht einfach ohne Grund bei unbescholtenen Bürgern klingeln und sie festnehmen, Lucy«, entgegnete Officer Cooper.
Das durfte doch nicht wahr sein! Ich wusste nicht, was ich noch tun konnte. Wenn ich jetzt auch noch mit den magischen Augen anfing, würde Officer Cooper mich für komplett verrückt halten. Aber wir mussten zu den Burrows! *Denk nach, Lucy, denk nach!*, befahl ich mir verzweifelt. Und plötzlich kam mir ein Gedanke.
»Und wenn Sie sagen, Sie haben gehört, dass jemand bei den Burrows einbrechen will, und Sie wollen nur nach dem Rechten sehen?«, fragte ich hoffnungsvoll.
Officer Cooper sah mich im Rückspiegel an. Nicht so, wie Erwachsene sonst schauen, wenn sie glauben, dass man sich etwas zusammenphantasiert, sondern so, als ob er mich ernst nahm.
»In Ordnung«, sagte er schließlich. »Adresse?«
»Gilmore Street *13*«, rief ich erleichtert.
Der Wagen bog scharf ab, und Officer Cooper beschleunigte.
In wenigen Minuten würden wir das Haus der Burrows erreichen. Wenn es nur noch nicht zu spät war!

29. In Stonehill ist der Teufel los

Wir hielten direkt vor dem Tor.
Officer Cooper öffnete mir die Autotür und ließ mich wie selbstverständlich mitkommen. Ich fand das toll und musste mir ein Lächeln verkneifen, als er meine Eltern bat, im Wagen zu warten.
Aber dieses Hochgefühl hielt nur kurz an. Auf der Mauer, die das Burrow'sche Grundstück umgab, saß Cleo. Sie starrte uns an. Mit saphirblauen, sich drehenden Augen.
»Da! Sehen Sie!«, rief ich und zeigte auf Cleo.
Officer Cooper sah mich fragend an.
Und während er seinen Blick meinem Finger folgen ließ, veränderten sich Cleos Augen im Bruchteil einer Sekunde. Als Mr Cooper sie ansah, waren ihre Augen gewöhnlich grüngrau, und Cleo wirkte wie jede ganz gewöhnliche Katze.
»Eine schwarze Katze«, sagte Mr Cooper und lachte.
»Na, solange sie einem nicht von links nach rechts über den Weg läuft, ist alles in Butter!«

Cleo sah mich triumphierend an, und ich hätte schwören können, dass sie mir hämisch zuzwinkerte. Als wir an ihr vorbeigingen, stellten sich die Härchen in meinem Nacken auf. Und dann sah ich, dass im Haus Licht brannte. Was ging da drin vor sich? Packten die Burrows gerade ihre Sachen zusammen? Würden wir Beweismaterial finden? Von den Einbrüchen und vielleicht sogar von den magischen Augen? Oder hatten sie die wichtigsten Sachen schon irgendwie weggeschafft?

Mit jedem Schritt wurde meine Angst größer. Was, wenn die Burrows bewaffnet waren und es sogar eine Schießerei gab?

Officer Cooper hatte diese Sorge offenbar nicht, sonst hätte er mich sicher nicht mitgenommen. Aber er wusste ja auch nicht, dass die Burrows einem magischen Clan angehörten und nicht davor zurückschreckten, ein Kind zu bedrohen.

Er betätigte den Türklopfer, und als ich Schritte im Haus hörte, die sich näherten, zitterte ich am ganzen Körper.

Und dann öffnete sich die Tür.

»Guten Abend«, sagte Mr Burrow mit einem Lächeln. Er trug einen Bademantel und hatte zerzauste Haare. Er sah aus wie jemand, der gerade aus dem Bett kam oder auf dem Weg dorthin war.

»Officer Cooper. Guten Abend, Mr Burrow«, sagte

Officer Cooper. »Entschuldigen Sie bitte die späte Störung. Wir haben die Meldung bekommen, dass bei Ihnen eingebrochen worden sein soll. Ist alles in Ordnung?«

In Mr Burrows Gesicht trat ein erstaunter Ausdruck. »Eingebrochen? Bei uns? Nein, nicht dass ich wüsste!«

Ich verstand gar nichts mehr. Wie konnte Mr Burrow hier im Bademantel stehen, wo er doch gerade noch auf der Stadtfeier oder in fremden Häusern gewesen war? Und woher wusste er, dass er so harmlos wie möglich aussehen musste, wenn es klingelte? *Cleo, natürlich!*, fiel mir ein. Tausend andere Fragen schossen mir durch den Kopf, aber sie alle verschwanden auf einen Schlag, als Mr Burrow mir unmerklich einen kalten Blick zuwarf und dann zu Mr Cooper sprach.

»Wobei, wissen Sie, es ist seltsam. Gerade, wo Sie von Einbruch sprechen: Ich hätte schwören können, mein Arbeitszimmer abgesperrt zu haben, bevor wir zur Stadtfeier aufgebrochen sind. Wichtige Kundendaten, Sie verstehen. Aber die Tür ist offen. Na ja, vermutlich habe ich mich getäuscht. Es fehlt ja nichts. Vielleicht sollten Sie aber zur Sicherheit Fingerabdrücke nehmen?« Er lachte, als hätte er gerade einen besonders lustigen Witz gemacht.

Officer Cooper lachte mit.

Mir gefror das Blut in den Adern. Woher wusste Mr Burrow, dass wir Kinder aus der Maple Street vorhin bei ihnen eingestiegen waren? Und er wusste es. So, wie er mich ansah, hatte ich daran keinen Zweifel. Hatte Marshie ihm schon alles erzählt?

»Ich kann gerne einmal nachsehen«, bot Officer Cooper an, aber Mr Burrow winkte ab.

»Nein, nein«, sagte er. »War nur ein Spaß.« Er warf mir wieder einen kalten Blick zu. »Hier ist alles in bester Ordnung.«

»Dann ist ja gut«, sagte Officer Cooper. »Wissen Sie, in mehreren Häusern soll heute Abend eingebrochen worden sein. War ja nirgendwo jemand zu Hause, eine ideale Gelegenheit für Verbrecher.«

»Tatsächlich?«, sagte Mr Burrow. »Das ist ja schrecklich! Menschen gibt es, also wirklich!«

Ich konnte es nicht fassen. Wie konnte jemand nur so unverfroren lügen?

Verzweifelt sah ich zu Boden. Und dabei entdeckte ich, dass unter Mr Burrows Bademantel seine Anzughose hervorblitzte! Und er trug schmutzige Straßenschuhe!

»Sie waren noch nicht im Bett!«, platzte ich heraus. »Sie tragen noch Ihre Festkleidung! Officer, sehen Sie nur!«

Mr Burrow sah mich erstaunt an. »Wie bitte?«, sagte er.

Officer Cooper unterbrach ihn.

»Lucy«, sagte er. »Wie sich Mr Burrow kleidet, ist wirklich seine Sache.«

Mr Burrow lächelte. »Nun ja«, sagte er. »Ich ziehe Schuhe an, wenn ich jemandem die Tür öffne. Und unter meinem Bademantel trage ich meinen Schlafanzug. Ich nehme nicht an, dass ich ihn vorzeigen muss, oder, Officer?« Er lachte verschwörerisch.
Das konnte doch nicht wahr sein!
Und Officer Cooper entschuldigte sich auch noch!
»Es tut mir leid, Mr Burrow«, sagte er. »Sie wissen ja, wie Kinder sind. Sie haben eine blühende Phantasie!«
»Ja, das weiß ich«, sagte Mr Burrow. »Ich habe selbst eine Tochter. Was Kinder sich so alles ausdenken. Aber dafür sind sie ja Kinder.« Er lachte wieder sein widerliches, schleimiges Lachen.
»Danke für Ihr Verständnis«, sagte Officer Cooper. »Lucy hat sich nur Sorgen gemacht.«
»Da bin ich mir sicher«, sagte Mr Burrow. Er warf mir einen Blick zu, der meine Beine weich werden ließ vor Angst.
»Wir gehen dann mal wieder«, sagte Officer Cooper. »Und entschuldigen Sie nochmals die Störung.«
»Natürlich, Officer«, sagte Mr Burrow. »Sie tun nur Ihre Pflicht.«
Das war's. Das Spiel war aus.
Während wir den Gartenweg zurück zum Auto gingen, war ich wie gelähmt, und doch drehte ich mich noch einmal um.
Mr Burrow sah uns nach. Genauer gesagt, sah er *mir*

nach. Er verzog sein Gesicht zu einem grässlichen Lächeln, und für einen kleinen Moment leuchteten seine Augen in einem grellen Rot auf. Ich sah erschrocken weg, und mein Blick fiel genau auf das Fenster, das zu Violas Zimmer gehörte.
Und dort stand Viola.
Selbst auf die Entfernung hin konnte ich sie deutlich erkennen. Sie sah unglaublich traurig aus.
Wir müssen etwas tun, hätte ich am liebsten geschrien, aber ich wusste, dass es keinen Sinn hatte.
Der Clan hatte gewonnen.

In dieser Nacht war in Stonehill der Teufel los. Während wir zur Wache fuhren, sah man überall Polizeiwagen und Menschen, die wohl gerade von der Feier in ihre ausgeräumten Häuser zurückgekehrt waren. Sie standen auf der Straße und schienen den Polizisten zu berichten, was sie vorgefunden hatten.
Auch auf der Polizeiwache standen die Leute Schlange. Die Polizisten hatten ihre liebe Mühe, die ganzen Einbrüche aufzunehmen. Es war offensichtlich in fast jedes Haus der Stadt eingebrochen worden, und sogar die Lagerhalle der Edelsteinmine war so gut wie leer geräumt. Niemand konnte sich erklären, wie eine Bande in so wenigen Stunden fast eine gesamte Stadt hatte ausrauben können.
Und wir Kinder aus der Maple Street konnten nicht

erklären, was wirklich hinter der Sache steckte. Nach und nach waren alle von uns auf der Wache aufgetaucht, um zu Protokoll zu geben, was wir wussten. Während wir warteten, bis wir dran waren, flüsterten wir miteinander, um zu vereinbaren, was wir erzählen sollten. Wir beschlossen, nichts von dem zu sagen, was uns die Erwachsenen ohnehin nicht glauben würden. Also kein Wort über die magischen Vorfälle. Dann berichtete jeder, was er erlebt hatte. Es war nicht viel. Jenny, Owen, Tina, Tim und Evan hatten sich an den Straßen postiert, die aus Stonehill hinausführten, aber auf keiner war eines der Autos mit den fremden Nummernschildern aufgetaucht. Wie auch immer sie es geschafft hatten, aus der Stadt zu kommen, es war nicht auf den üblichen Wegen gewesen.

Der Clan war spurlos verschwunden.

»Aber was ist mit den Burrows?«, fragte Tina leise. »Die können doch nicht hierbleiben und so tun, als sei nichts geschehen?«

»Und warum nicht?«, fragte Owen frustriert und stieß Luft aus. »Die Polizei hat keinen Grund, sie zu verhaften. Nicht mal, ihr Haus zu durchsuchen. Sie haben ein perfektes Alibi. Sie waren auf der Feier, und vermutlich haben sie sich tatsächlich nicht mal die Hände schmutzig gemacht, die anderen Clanmitglieder haben alles für sie erledigt. Und jetzt lassen sie sich immer wieder Päckchen mit neuen Edelsteinen schicken.«

»Aber sie wissen, dass *wir* Bescheid wissen«, sagte Jenny.
Einen Moment lang schwiegen wir alle. Wahrscheinlich stellte jeder sich vor, was die Burrows mit uns vorhatten, um zu verhindern, dass wir weiterschnüffelten.

Und so fielen uns Steine vom Herzen, als wir am nächsten Tag erfuhren, dass die Burrows noch in der Nacht Hals über Kopf verschwunden waren.
Es war Mr Harper, unser Postbote, der uns die Neuigkeit mitteilte.
»Alles weg, sogar die Vorhänge. Als hätte nie jemand da gewohnt!«, sagte er kopfschüttelnd.
»Vielleicht glaubt Officer Cooper uns jetzt«, platzte ich heraus.
Mr Harper sah mich neugierig an.
»Ich meine nur ...«, stotterte ich und ließ ihn einfach stehen. Ich lief zu Tina und fragte, ob wir Officer Cooper anrufen wollten. Vielleicht konnte man jetzt eine Fahndung einleiten?
Wir hatten Glück, dass Officer Cooper Dienst hatte.
Er nahm unser Telefonat gleich an und begrüßte uns freundlich. Aber als wir ihn fragten, ob man nun nach den Burrows fahnden könne, seufzte er bedauernd.
»Es ist nicht verboten wegzuziehen«, sagte er. »Auch nicht, wenn es über Nacht geschieht.«

»Aber Sie müssen doch zugeben, dass die ganze Sache zum Himmel stinkt«, rief ich.
»Ja«, gab Officer Cooper zu. »Das tue ich. Aber das allein reicht nicht zum Verhaften. Gott sei Dank übrigens. Stellt euch mal vor, man könnte Menschen hinter Gitter bringen, nur weil sie spontan wegziehen.«
Das stimmte natürlich. Dass es sich bei den Burrows aber nicht bloß um Sonderlinge, sondern gefährliche, magische Verbrecher handelte, konnten wir nicht beweisen.
Und deshalb wollten wir es auch nicht erzählen.

Ich startete dennoch einen kleinen Versuch, als ich wieder zu Hause war und Mama und Papa dabei half, eine Liste mit allem zu erstellen, was bei uns verschwunden war. Auch bei uns fehlten der ganze Schmuck und sogar meine Steinsammlung, auf die ich so stolz gewesen war.
»Wenn ich dieses Räuberpack jemals zwischen die Finger bekomme«, knirschte Papa, »nehme ich jeden Einzelnen so auseinander, dass man ihn nicht mehr zusammensetzen kann!«
Mama war so wütend, dass ich sie zum ersten Mal in meinem Leben fluchen hörte. »Wenn ich nur daran denke, dass diese fiesen Gauner jetzt meinen ganzen schönen Schmuck vertickern und sich ein schönes Leben auf einer Südseeinsel machen, könnte ich aus der

Haut fahren, und –« Plötzlich hielt Mama inne und beugte sich herunter. Sie hob etwas vom Teppich auf und hielt es verwundert hoch.
»Mein Smaragdring!«, rief sie.
Ich konnte es nicht glauben. Viola hatte doch den Ring damals an sich genommen!
»Das kann nicht sein«, platzte ich raus.
»Natürlich kann das sein, Lucy«, erwiderte Mama. »Ich sage doch, das Haus verliert nichts. Dabei habe ich alles schon x-mal abgesucht. Na ja, Hauptsache, er ist wieder da!«
»Wisst ihr«, begann ich vorsichtig. »Die Burrows sind keine normalen Händler. Sie gehören zu einem uralten Clan.«
Aber da fuhr Mama dazwischen.
»Lucy, es reicht jetzt wirklich«, rief sie. »Jetzt ist nicht der richtige Augenblick für deine phantastischen Geschichten! Schreib sie auf und gib sie als Phantasie-Aufsatz ab, dafür bekommst du bestimmt eine Eins!«
»Ja, Lucy«, seufzte Papa dazwischen, »nicht jetzt. Wir haben schon genug Sorgen, okay?«
Es war zwecklos.
Aber ich würde wenigstens das tun, was ich sowieso vorgehabt hatte: eine Geschichte darüber schreiben. Darüber, wie es wirklich war mit dem großen Raub von Stonehill. Und es gab ja immerhin wenigstens *ein* Lebewesen in diesem Haushalt, das mir zuhören wollte.

30. Ein besonderes Abschiedsgeschenk

Watson schoss mir in seinem Glas entgegen, als ich mich zu ihm hinunterbeugte. Er hatte wohl schon auf mich gewartet. Luftblasen schossen an die Oberfläche. »Es ist alles in Ordnung, Watson«, sagte ich. »Auch wenn uns die Burrows entwischt sind. Aber ich bin heilfroh, am Leben zu sein. Es war das Gruseligste, was ich je erlebt habe!«
Watson wackelte aufgeregt mit seiner Schwanzflosse. Vermutlich war es auch das Gruseligste, was er je erlebt hatte, obwohl er gar nicht richtig dabei gewesen war. Aber dann merkte ich, dass er etwas ganz anderes wollte mit seinem Wackeln. Er schoss an die Wand seiner Glaskugel und stupste immer wieder mit seinem Maul dagegen, während seine Schwanzflosse in Richtung meines Bettes wedelte.
»Was wollen Sie mir sagen, Watson?«, fragte ich.
Watson drehte sich und starrte auf mein Bett. Irgendetwas schien damit zu sein. Ich hob die Decke hoch, sah

aber nichts Ungewöhnliches. Watson hüpfte mittlerweile fast aus dem Wasser, so hektisch schlug er mit seiner Schwanzflosse.

Ich hob mein Kopfkissen hoch, ohne viel zu erwarten. Was konnte ich da schon finden? Doch dann traute ich meinen Augen nicht: Unter meinem Kissen lagen ein kleines, in Schulblockpapier eingewickeltes Päckchen und ein zusammengefaltetes violettes Blatt!

»Bitte zuerst aufmachen und benutzen«, stand auf dem Papier, das das Päckchen umgab. Wenn ich mich nicht sehr täuschte, war das Violas Schrift! Ich wickelte das Papier ab und hielt eine Plastikkugel in der Hand, die sich aufdrehen ließ. Genau solche gab es in Kaugummiautomaten. Meist war ein rundes Kaugummi darin, manchmal auch eine Spielfigur aus Plastik oder ein Kunststoffschmuckstück. Diese Kugel hier enthielt aber etwas anderes. Ein Pulver. Es sah aus wie Sand. Plötzlich lief es mir eiskalt den Rücken herunter. Es war Augenpulver. Ohne Zweifel wusste ich plötzlich ganz sicher, dass es Augenpulver war. Und Viola hatte geschrieben, ich solle es benutzen! Mir war ganz schlecht, und ich zitterte.

»Magisches Edelsteinpulver, Watson«, flüsterte ich. Watson verharrte regungslos in seinem Glas. Seine Augen wirkten riesig, und er sah genauso geschockt aus wie ich.

Sollte ich mir das Pulver tatsächlich in die Augen streuen? Was würde dann passieren?

Ich nahm das violette Papier zur Hand und faltete es auf, aber es war leer.
»Komisch«, flüsterte ich. »Ein leeres Blatt. Wieso gibt Viola mir ein leeres Blatt?« Und auf einmal wusste ich, warum ich das Pulver benutzen sollte. Ich holte tief Luft und nahm eine Prise des Pulvers zwischen meine Finger. Mein Herz schlug wie wild, als ich den Kopf in den Nacken legte und die Hand über mein rechtes Auge führte. »Wünschen Sie mir Glück, Watson«, flüsterte ich. Ich holte noch einmal tief Luft, und dann ließ ich das Pulver in meine Augen rieseln. Erst ins rechte, dann die zweite Portion ins linke. Zuerst merkte ich nichts, aber sobald ich geblinzelt hatte, schien alles, was ich sehen konnte, einen lila Farbstich zu haben. Ich nahm das violette Blatt zur Hand, und diesmal war es nicht leer, sondern ein Brief, geschrieben in Violas geschwungener Handschrift. Die Buchstaben glitzerten golden und schienen auf dem violetten Hintergrund zu tanzen. Es sah fast so aus, als schwebten die Buchstaben über dem Papier. So etwas hatte ich noch nie gesehen!
Ich begann zu lesen:

Liebe Lucy,
es tut mir alles so leid. Ich wollte nicht, dass sie Euch bestehlen. Deine Eltern waren so nett zu mir, und Ihr Kinder, vor allem Du, wart die besten Freunde, die ich je hatte.
Jetzt muss ich fort und schon wieder irgendwo neu anfangen,

wo ich niemanden kenne und mich alle misstrauisch ansehen. Und sie haben ja recht. Ich war immer anders als die anderen. Obwohl meine Familie und ich Menschen aus Fleisch und Blut sind, haben wir Fähigkeiten, die niemand sonst auf der Welt hat. Es ist nicht leicht, mit einem solchen Geheimnis zu leben, Lucy, das kannst Du mir glauben.

Vielleicht ist es ja schön in Australien. Da gibt es Kängurus, und es gibt dort die schönsten Edelsteine der Welt. Kennst Du Opale, Lucy? Das sind die allerschönsten überhaupt! Manche schillern in allen Farben des Regenbogens gleichzeitig.

Ich werde Dich nie vergessen, und meine Zeit in Stonehill auch nicht. Nie, solange ich lebe. Stonehill ist gar kein schlechtes Zuhause. Zumindest ist es eins.

Viele liebe Grüße,

Deine Viola

Ein Kloß saß in meinem Hals.

»Ach, Watson«, sagte ich. »Ich werde Viola wirklich vermissen.«

Plötzlich merkte ich, dass die Welt keinen lila Schleier mehr hatte. Ich rieb mir die Augen, aber die Zauberwirkung des Pulvers war verschwunden. Alles sah wieder aus wie immer. Ich sah nach, ob noch Pulver in der Kugel übrig war, aber es war keines mehr darin. Die Portion hatte nur für genau einmal Benutzen gereicht.

»Schade, Watson«, sagte ich. »Es muss toll sein, wenn man immer mit magischen Augen sehen kann.« Luftblasen stiegen über Watson auf. »Stimmt auch wieder«, sagte ich. »Dafür zahlt Viola einen hohen Preis. Wenigstens habe ich ein Zuhause und meine Freunde, mit denen ich immer befreundet sein werde.«

Eine Weile hing jeder seinen Gedanken nach.

»Watson«, sagte ich schließlich, »haben wir den Fall eigentlich wirklich gelöst? Ich meine, wir beide und meine Freunde wissen, wie es wirklich war. Aber die Erwachsenen werden uns nie glauben. Wer wird jemals die Wahrheit erfahren?«

Luftblasen stiegen über Dr. Watson auf, und ich hörte seine Stimme in meinem Kopf. »Sie haben recht, Watson«, sagte ich. »Ich werde alles aufschreiben, wie ich es Dr. Jacoby versprochen habe. Und vielleicht wird aus alldem ja mal ein Buch! Dann kann jeder, der liest, was wir mit den Burrows erlebt haben, glauben, was er für richtig hält. Schriftsteller muss der schönste Beruf der Welt sein, finden Sie nicht auch?«

Von Watson kam keine Antwort mehr. Er döste schon und blubberte leise vor sich hin.

»Gute Nacht, Watson«, flüsterte ich und löschte das Licht.